KB042269

용병 생활백서

용병생활백서 7

초판 1쇄 인쇄일 2016년 8월 20일 | **초판 1쇄 발행일** 2016년 8월 24일

지은이 주작 | **펴낸이** 곽동현 | **담당편집 팀장** 이범수
편집부 신연제 이윤아 홍현주 김유진 임지혜

펴낸곳 (주)조은세상 | **출판등록** 제 2002-23호
주소 경기도 연천군 미산면 청정로 1355
TEL 편집부 02)587-2966 | FAX 02)587-2922
e-mail bukdu@comics21c.co.kr

주작 © 2016
ISBN 979-11-5832-641-8 | ISBN 979-11-5832-500-8(set) | 값 8,000원

주작 판타지 장편소설

NEO FANTASY STORY & ADVENTURE

용병생활백서

傭兵生活白書

7

북두
(주)조은세상

CONTENTS

용병생활백서

1. 망령의 돌.

1. 망령의 돌.

특수 몬스터들은 대개 그 강함만큼이나 두려움과도 거리가 멀었다.

그 중에서도 뱀파이어들이 관리하는 '가디언'들의 경우에는 아예 두려움이라는 단어 자체를 모른다고 해도 과언이 아니었다.

혈마법과 혈마력의 특징을 따서, 그 피를 극한까지 끓어오르도록 만들어, 마치 미쳐 날뛰는 것 같은 광기를 보여주는 게 가디언들의 전투였다.

두려움이나 공포심 같은 감정들은 거세되었다고 해도 과언이 아닌 게 바로 특수종인 것이다.

헌데, 바로 그 특수종들이 등을 돌리고, 날듯이 전장에서 이탈할 줄이야. 상상도 못했던 광경이었다.

'남 말할 처지는 아니지.'

특수종보다도 먼저 등을 돌렸던 동료들의 모습을 떠올리면 괜스레 얼굴이 붉어졌다. 그 무리에 함께했다는 점이 특히 스스로를 부끄럽게 만들었다.

혹시 쫓아오는 건 아닐까 하는 기이한 두려움에 돌아보다 특수종들의 도주 장면을 목격할 수 있었다.

'이래서야 그 짐승들과 다를 게 무엇인가. 하….'

자괴감이 들었다. 더욱 괴로운 건 지금도 여전히 그 말도 안 되는 광경이 머릿속을 맴돌며, 연신 눈가에 경련을 일으킨다는 점이었다.

두려웠다.

렉산은 챠크론이라는 성과 함께 남작의 작위까지 얻은 뱀파이어였다. 겨우 남작이라고 할 수도 있겠으나, 이곳 세상에 머무는 일족들의 수준을 생각한다면, 그의 위치는 결코 가벼운 게 아니었다.

당장 일족을 이끄는 수장의 작위가 그의 바로 윗 단계인 자작의 계급이 아니던가.

그나마 다행인 건, 자작 위를 지닌 귀족이 혼자가 아니라는 점이었다. 하지만 그 수는 많지 않았고, 그런 이유로 렉산은 상당한 고위급의 인사라고 할 수 있었다.

뿐만 아니라 함께했던 동료들 역시도 마찬가지였다.

남작급의 작위를 지니지 않고서야 태양빛 아래에 모습을

드러내지도 못하는 까닭에, 불청객을 막기 위해 그들이 움직일 수밖에 없었다.

'강해졌다고 생각했건만….'

그나마도 외부 세력과의 연합과 이를 통한 몇몇 실험과 연구를 통해, 과거의 수준을 훌쩍 뛰어넘었기에 남작의 작위를 지니고서도 태양빛 아래 장시간 노출이 가능했다.

당장에 작위는 남작이었지만, 과거 자작의 위치에 해당하는 괴력을 얻었다고 자부하고 있었다.

단지, 그 혈마력의 농도 자체는 크게 증진된 게 아닌 까닭에, 여전히 남작의 작위를 유지하고 있는 것뿐이었다.

이는 지도부 층인 자작들도 마찬가지였다.

그들도 각자가 백작 급의 능력들을 얻게 된 것이다. 문제라면 지닌바 혈마력 농도 면에서는 큰 변화가 없다는 점이었다.

내부가 아닌, 외부의 강화가 이뤄졌다고 볼 수 있었다.

'레이샬트님께서 계셨더라면….'

갑작스런 금식과 함께 푸석한 먼지가 되어버렸던 일족의 마지막 고위귀족을 떠올렸다.

백작도 아닌, 무려 후작의 작위를 지닌 귀족으로써, 절대적 약육강식의 세상이라 불리는 저 마계에서도 충분히 한 자리를 차지할 수 있는 수준의 귀족이었다.

현 수장의 능력을 의심하는 건 아니었지만, 단 한 번의 칼질에 특수종들이 먼지가 되어버리던 광경을 떠올린다면,

백작위의 능력을 지녔더라도 감당할 수 없을 것 같았다.

'어떤 결론이 나올지….'

상부에는 이미 보고가 올라간 상황이었다. 이를 토대로 일족 최고위의 자작 급 귀족들이 회의가 진행 중이었다.

워낙에 말도 안 되는 상황이었던 까닭에, 과연 그와 동료들의 정보가 얼마나 반영되었을지, 또한 그로 인해서 어떤 지시가 내려올지는 아직까진 미지수였다.

단지, 바라고 바랄 뿐이었다.

'그 괴물과 부딪치지 않기를….'

핏빛 안개와 함께 흩날리던 거대한 죽음의 그림자, 전율의 순간은 이미 그의 영혼 깊숙이 공포라는 이름으로 각인되어 있었다.

❖ ✛ ❖

얼마만의 휴식일까?

에던 일행이 이곳 극단의 대지에 발을 들이고, 처음 특수종들과 마주치던 순간을 시작으로, 그들은 끊임없는 전투를 치러왔다.

특이한 건, 극단의 대지 깊숙이 들어가면 갈수록, 특수종들의 출몰이 잦아졌고, 자연히 그만큼 고된 여정이 그들을 덮쳐오고는 했다는 점이었다.

그런 이유로 지금처럼 제대로 한 자리에 앉아, 늘어지듯 휴식을 취하는 건 실로 오랜만이라 할 수 있었다.

이곳으로 들어오기 전, 세톤 왕국을 거치면서 살아남기 위한 간단한 지식과 책자들을 준비한 덕분에, 어설프게나마 눈 집을 지어 설원 한복판에서도 나름의 온기를 유지할 수 있었다.

물론, 셰릴이 준비해 온 아티팩트로 일으키는 열기의 역할이 결정적이었지만, 어쨌든 사방에서 휘몰아치는 칼바람을 막고, 작게나마 피로를 회복하는 '공간'을 만들었다는 건 확실했다.

휴식시간은 생각보다 더 조용했다.

언제 또 습격이 있을지 모르는 까닭에, 최대한 많은 체력을 비축하고자 말 한마디도 아끼는 것이기도 했지만, 그보다는 앞서의 그 말도 안 되는 광경으로 인한 여운이 진하게 남아있는 이유가 더 컸다.

그렇게 얼마나 휴식을 취했을까?

"대체… 그건 뭔가?"

"…그건 뭐야?"

일정부분 체력을 비축한 드락과 셰릴이 약속이나 한 듯, 동시에 그 같은 물음을 던져왔다.

어찌 대답해야 할까?

한 차례 고민하던 에던은 이내 사자검을 꺼내들며 그와 관련된 이야기를 늘어놓았다.

드락의 존재로 인해 한 차례 주저하긴 했지만, 그간의

여정을 통해 믿을만하다는 결론을 내렸기에, 그처럼 털어놓은 것이었다.

게다가 심판자가 아니면 그 손길을 허락하지 않는 녀석이니 만큼, 걱정이 덜하기도 했다.

"허어… 그 고철… 크흠… 흠… 그 검이 신물이었다니."

저도 모르게 속마음을 털어냈던 드락이 짧은 헛기침과 함께 바삐 말을 고쳤다.

냉정하게 이야기 한다면, 녹이 덕지덕지 묻은 사자검의 모습은 고철 그 이상도 이하도 아니었다. 내심 그 같은 검을 왜 들고 다니는지 도통 이해할 수 없었건만, 지금 이 순간 그 이유를 깨달으며 작게 고개를 끄덕여야만 했다.

'마신의 신물이라니.'

새삼스레 사자검을 살펴보게 되는데, 전과 다른 모습에 또 한 번 놀라고야 말았다.

얼룩덜룩하던 고철덩이가 온전한 검의 형상을 하고 있는 것이 아닌가. 단지, 아쉬운 게 있다면 하나였다.

"뭐… 크게 대단해진 건 아니네."

세릴의 이야기처럼 녹이 제거되고 그 본연의 모습을 드러냈다고는 하나, 전설 속 신검이나 신물처럼 광채가 번쩍이며 경외심을 일으키거나 하지는 않았다.

"그냥… 철검이네."

딱 그 수준이었다. 게다가 전설 속 신검들과 달리, 오히려 그 광채가 죽어있는 느낌이 강했다.

칙칙하다는 의미가 어울린다고나 할까?

잿빛으로 물든 검면을 찬찬히 쓰다듬었다. 얼룩이 사라진 게 아니라 검면으로 스며든 건 아닐까 싶을 정도로, 그 광채는 독특했다.

유심히 검을 바라보고 있으려니 아찔했던 한 번의 칼질이 떠올랐다.

죽음을 먹고 죽음을 뿌렸다.

크라이드만이 사자검의 위험성에 이야기할 때, 그 고철 같은 허술한 모습에 반신반의했건만, 이제는 믿을 수밖에 없었다.

그리고 한 가지 이해되지 않았던 의문점도 해결될 것 같았다.

[용마대전!]

과거, 마왕과 드래곤들의 격전, 그 안에 어찌 일개 인간이 끼어들 수 있었는지, 이제는 이해할 수 있었다.

불가능이라고 여겨졌던 이야기건만, 지금은 가능성이라는 단어가 새겨지려했다.

그의 예상이 들어맞는다면, 이 검은 신물이 아니라 괴물이었다.

'내 예상처럼 베는 숫자만큼, 힘이 축적되는 거라면….'

뿐만 아니라 죽음의 횟수만큼, 그 힘의 발현도 강렬해지는 것이라면?

'으음….'

상상만으로도 아찔했다.

제물의 수준에 따라 눈을 뜰 시기도 달라진다던 크라이드만의 이야기를 생각해 본다면, 어쩌면 베는 대상에 따라서도 검에 축적되는 힘이 다를지도 몰랐다.

[사자검을 든 심판자는 특별하지.]

크라이드만은 수시로 그 같은 이야기를 했었다. 무려, 드래곤 로드의 발언이었다.

'특별…'

이상하게도 지금 이 순간, 전대의 심판자가 어떤 방식으로 용마대전을 헤쳐 나갔을지 알 것 같았다.

그건 짐작이나 추측 혹은 상상의 영역이 아니었다. 마치 누군가 귓가에 속삭이듯, 동공에 휘갈기듯, 뇌리에 스며들듯, 그렇게 그려지고 있었다.

마족을 벤다.

베고 또 벤다.

하나를 베면 또 하나를 벨 수 있는 힘이 생기고, 둘을 베면 또 둘을 벨 수 있는 힘이 더해진다.

그렇게 베고 또 베고, 어느새 손 안에 거대한 힘이 약동하는 게 느껴질 즈음, 검 끝이 하나의 절대적 존재를 가리킨다.

"으음…"

거기에서 그림은 끝을 맺었다.

에던은 눈을 떴다. 정신을 차렸다. 찰나의 순간 벌어진 일이었지만, 그는 분명 환상을 경험했다. 어쩌면 잔상일지도 몰랐다.

'검의 기억인가…….'

사자검의 검면을 쓰다듬던 그의 손이 저절로 떨어져 나왔다. 짧았고 선명하지도 않았으나, 섬뜩한 감각들은 분명하게 남아있었다.

그저 잔상일 뿐이건만, 충분히 악몽의 편린을 엿본 기분이었다.

"왜 그래?"

갑자기 식은땀을 흘리는 에던의 모습에 세릴이 걱정스레 물어왔다. 에던이 쓰게 웃으며 별 일 아니라는 듯, 가볍게 고개를 저었다.

허나 일순간 받아들인 충격이 컸던 듯, 급격히 피로가 몰려왔다. 눈 집 내부를 떠도는 한 줌 온기에 기대듯, 에던은 그렇게 눈을 감았다.

❖ ✛ ❖

이드라반 드벤칠.

그는 무려 두 번의 천년을 거친 뱀파이어로써, 이곳 세상의 일족을 이끄는 수장이자, 그들을 대표하는 최강자였다.

비록 백작의 작위는 허락되지 못했으나, 그 강함은 충분히 그들의 것과 같다고 자부했다.

'대륙의 초월자라 할지라도 무서울 게 없다!'

감히 그들 영역에 발을 들인다면, 단호히 징치할 자신이
있었다.

하지만 그 이상의 존재라면?

"그런 존재가 있을 리가 없소!"

"말도 안 돼는 일이다!"

"헛소리요!"

일족 장로들의 외침에 이드라반도 동의하고 싶었다. 하
지만 선뜻 그처럼 반응할 수가 없었다.

수하들이 전해온 불청객의 강함에 저들이 악을 쓰는 이
유를 잘 알고 있었다.

'본 적이 없으니까…'

저들은 별의 영역 그 너머에 존재하는 자들을 모른다. 겨
우 한 번의 천년을 뛰어넘었을 뿐이기에, 그만큼 경험이 부
족했다.

때문에 일단 부정하고 보는 것이다.

'나 역시… 모르는 건 마찬가지지.'

그렇지만 일족의 문헌으로 지식적인 배움은 있었다.

[하늘을 걷는 자!]

의문이었다.

'진정, 그런 자가 있다고?'

그것도 일개 인간이었다.

'흐음…'

떠오르는 게 있었다.

'…용마전쟁.'

눈살이 찌푸려졌다.

'패배의 역사인가.'

그들 일족은 마족의 편에서 송곳니를 드러냈었기에, 당시의 자료가 제법 상세히 적혀 있었다.

절망으로 끝난 까닭에 더욱 자세히 자료로써 남긴 것이다.

'분명… 있었다고 했었지.'

단 한명의 인간이 전설의 한 조각을 채우고 있었다고 전해져왔다.

물론, 인간들이 전혀 참여하지 않은 건 아니었다. 하지만 그들의 전장은 마왕과 드래곤의 격전지가 아닌, 마물과 마족의 경계선까지였다.

그 와중에 유일하게 중심지까지 발을 들인 인간이 존재했고, 바로 그가 하늘에 닿은 자라고 적혀있었다.

드래곤의 인정을 받은 존재라고도 설명되어 있었다.

'으음….'

설마 싶었다.

"말도 안 되는 소리지!"

"헛소리, 개소리다!"

장로들의 외침이 귓전을 맴돌았다. 그 역시 저기에 동참하고 싶었지만, 이상하게도 본능이 이를 거부하려 들었다.

'만약…'

정말로 전설의 한 조각이 모습을 드러낸 것이라면?

'결국, 그걸 사용해야만 하나.'

외부세력과의 거래를 통해 얻어낸 진화의 결정체가 떠올랐다.

[망령의 돌!]

무려, 저 환상의 마도재료인 현자의 돌을 기초로 만들어진 것으로써, 외부세력은 망자탈혼의 결정석이라고도 불리는 돌이었다.

❖ ✛ ❖

외부세력과의 만남은 어쩔 수 없는 선택지였다.

그들 일족을 대표하고 이끌어갈 고위 귀족인 레이샬트 후작이 한 줌 먼지가 되어버린 순간, 일족의 미래 역시도 먼지처럼 흩어져버릴 위기가 초래했기 때문이다.

고위 귀족의 존재는 특별했다.

그들은 일족에게 축복을 내려줄 수 있는 까닭이었다.

[피의 축복!]

이를 통해서 계급의 상승을 꿈꿀 수 있었고, 그와 더불어 새로운 일족 역시도 그들의 축복 속에서 탄생되고는 하는 까닭이었다.

물론, 축복이 아니더라도 계급을 올릴 수는 있었다.

'그만큼의 피가 필요한 게 문제지….'

흡혈의 종족인 만큼, 그들 일족은 계급이 높아질수록 많은 피를 필요로 했다.

인간들의 시대라 할 수 있는 지금 세상에서, 그 같은 피의 축제를 벌이는 건 도리어 일족의 몰살로 이어질 수 있기에, 발을 들일 수 없는 선택지였다.

그렇다면 일족의 탄생은 어떠할까?

이 역시도 얼마든지 가능한 부분이었다.

'혈마력의 소모를 감당할 수 있어야 한다는 전제가 붙지만….'

고위 귀족이 아니라면, 새 일족의 탄생을 위해서는 상당량의 혈마력이 소실될 수도 있었고, 그로 인해 작위도 낮아질 위험도가 높았다.

특히, 지금과 같은 인간들의 시대에서는 만족할 만큼 피를 흡혈하기가 어려운 탓에, 생각 자체도 금지하고 있었다.

'이 모든 게, 결국 용마전쟁 때문이지.'

뱀파이어의 뿌리가 어느 곳에서부터 비롯되었는지는 모른다.

하지만 분명한 건, 그들이 이곳 세상을 살아가는 뱀파이어라는 점이었다. 그럼에도 불구하고 용마전쟁 당시, 그들은 마왕의 편에 서서 송곳니를 드러냈고, 그 결과 패배와 함께 잘못된 선택의 값을 치러야만 했다.

대륙에서 쫓겨난 뒤, 사방으로 흩어져 오랜 세월동안 위태로운 삶을 살았다.

뿔뿔이 흩어졌던 일족들이 모인 건, 가까스로 이곳 극단의 대지 끝자락에 자리를 잡고 난 이후였다. 나름 '터전'이라 할 만한 공간을 갖추고, 일족을 하나하나 불러들인 것이다.

남은 건, 일족의 번영이었다. 하지만 여기서 새로운 난관에 봉착해야만 했다.

'레이샬트 후작님께서 멀쩡하셨더라면….'

생각과 동시에 고개를 저었다.

오래 전, 신성을 얻은 성국의 초월자와 격돌하고 난 뒤, 그 후유증으로 인해 제대로 된 작위를 부여하기도 어렵게 된 것이다.

뿐만 아니라 새 일족의 탄생에도 큰 힘을 쓰지 못했다.

'그분께서는… 그저 존재할 뿐이었지.'

하지만 그것만으로도 충분했다.

무려 후작의 지위를 지닌 뱀파어이가 함께한다는 사실만으로도 일족은 희망을 가질 수 있던 까닭이었다.

다른 모든 걸 떠나서, 지닌바 능력 자체만으로도 든든한 울타리가 되어 줄 수 있었다.

'존재 자체만으로도 충분했건만.'

본인은 그렇지가 않았던 모양이었다. 일족의 미래를 책임질 수 없다는 사실이 그의 정신을 갉아먹었고, 점차적으로 지쳐갔다.

그리고 결국 금식과 함께 푸석한 먼지가 되어 일족에게 그 마지막을 알려버렸다.

'지닌 혈마력이라도 전해줄 수 있었더라면….'

그랬더라면 새로운 백작이라도 탄생할 수 있었을 것이다.

하지만 레이샬트 내부 깊숙이 뿌리박힌 신성력으로 인해, 그 역시 불가능한 일이었다.

어쩌면 그런 몸 상태로 천년의 세월을 더 버텨낸 점에서, 이미 그는 한계 이상의 의지력을 보여준 것일지도 몰랐다.

'하늘을 걷는 자라….'

그 단어가 떠오름과 동시에 불쾌감이 이는 이유도 여기에 있었다.

일족의 희망이자 등불이라 할 수 있는 레이샬트 후작에게 절망을 부여한 존재, 성국의 초월자 '이릿 랏트리'가 그 같은 영역에 가까이 닿아있었던 까닭이었다.

이는 레이샬트가 직접 증언해준 내용으로써, 그가 말하기를 별의 영역에서 최소 반걸음 정도는 더 나아갔다는 것이다.

장로들은 불가능한 일이니 뭐니 하며, 수하들의 보고를 부정하고 있었지만, 그는 레이샬트와 지낸 시간으로 인해 절반가량은 믿고 있었다.

'슬슬… 선택할 때가 된 건가.'

그간 미뤄왔던 망령의 돌을 흡수할 시기가 온 모양이었다. 망자탈혼의 결정석 중에서도 가장 완성도가 높은 것으로써, 이를 제대로만 흡수해낸다면, 그 작위를 적어도 한 단계 이상은 올릴 수 있을 터였다.

외부의 강화로 인해 지난바 작위 그 이상의 괴력을 발휘할 수 있다는 걸 생각한다면, 최소한 레이샬트 후작과 버금가는 능력을 얻는 게 가능할 터였다.

일족을 생각한다면 일찌감치 흡수를 했어야 하지만, 그는 선뜻 손을 댈 수가 없었다.

'부작용이 없어야 할 텐데….'

자칫, 그 역시 레이샬트와 같은 절차를 밟게 될지도 모르는 까닭이었다.

망령의 돌과 이를 통해 이뤄지던 망자탈혼의 실험을 잘 알기에, 최악의 결과 역시도 충분히 예상할 수 있었다.

'미치거나 빛나거나!'

둘 중 하나일 터였다.

❖ ✛ ❖

지난 격전에서 보여줬던 충격적인 검의 능력 때문인지, 더 이상 일행의 앞길을 막는 특수종들은 없었다.

'역시… 조작이었나.'

셰릴은 이 갑작스런 여정의 변화로 인해, 누군가 특수

종들을 움직여 일행을 습격한 거였다고 결론을 내렸다.

물론, 그 이후로 특수종과의 마찰이 전혀 없던 건 아니었으나, 기껏해야 두엇 정도의 공격이 전부였다. 이전의 치열했던 격전처럼 세 자릿수의 특수종이 몰려오는 일은 더 이상 없었다.

그로 인해 제대로 속도를 내는 게 가능해졌고, 오래지 않아 목적지에 도달할 수 있었다.

"여기라고?"

고개를 갸웃거리는 에던의 모습에 셰릴이 재차 원형판을 내려다봤다. 레일라가 있는 곳을 가리켜야 할 원형판의 침이 빙글빙글 돌기만 하고 있는 모습에서, 이곳이 목적지라는 짐작이 들었다.

그 때문에 이해가 안 되는 것이기도 했다.

설원.

그들이 서 있는 장소를 아무리 돌아봐도 무언가 숨길만한 구조가 비치질 않는 까닭이었다. 그저 평평하게 쭉 뻗어 있는 대지의 모습에, 원형판의 마법이 깨지거나 어긋난 건 아닐까 하는 생각도 들었다.

'충분히 가능한 일이지.'

특수종들의 습격으로 인해 겪었던 치열한 전투 속에서 원형판에 충격이 갔을지도 몰랐다.

마도구는 생각보다 섬세한 물품이었고, 그런 만큼 전투의 여파에 휩쓸려 새겨진 마법 일부와 마나가 흐트러졌을 수도 있었다.

하지만 확신을 할 수는 없었다.

'끄응… 모르겠네.'

아무리 살펴봐도 원형판에 이상이 있는지를 확인하기가
어려운 까닭이었다.

레드문이란 대규모 정보단체의 수장으로써, 안목을 키운
다는 이유로 적잖은 공부를 한 덕분일까?

그녀는 마법물품을 제법 볼 줄 알았다. 하지만 원형판은
그런 그녀의 안목을 한참 뛰어넘는 수준의 것이었다.

무려 마도사가 만든 물품이었다. 냉정히 판단했을 때, 그
녀의 안목은 5서클의 수준에 머물러 있다고 여겼다.

이 같은 점에서 봤을 때, 이 작고 간단해 보이는 물품에 적
어도 6서클에 이르는 마법이 새겨졌음을 짐작할 수 있었다.

'겉보기하고 다른 물건이네. 쯧!'

눈살을 찌푸리던 셰릴이 문득 발 아래로 시선을 내렸다.
어쩌면 원형판에 이상이 없을지도 모른다는 생각과 함께
하나의 가설이 떠올랐다.

'설마….'

그렇게 잠시 눈에 휩싸인 바닥을 바라보고 있노라니, 에
던이 슬쩍 다가와 물었다.

"왜 그래?"

혹시, 어쩌면, 그런 마음으로 그녀가 에던을 향해 말했
다.

"이 주변을 좀 살펴줘."

"…뭐?"

"근방에 생명체가 있는지 없는지 확인해야겠어."

심판자로써의 권능을 통해 생명체는 에던의 감각을 벗어나지 못할 것이기에, 그처럼 조사를 떠넘긴 것이다.

한 차례 고개를 갸웃거리던 에던이 이내 마경을 열어 감각은 깨운 뒤, 찬찬히 주변을 훑어가기 시작했다.

그렇게 얼마나 시간이 흘렀을까?

"…뭐야, 저건?"

돌연 에던이 의문성을 터트리는가 싶더니 한 방향으로 걸어가는 것이 아닌가. 그리 멀지 않은 장소였다.

그러더니 대뜸 눈 더미 사이로 손을 넣는 것이 아닌가. 손목에서 팔뚝으로 그리고 어깨까지 그 단단한 눈길 속으로 파고 들어갔다.

하지만 부족함이 있었던 걸까?

"웃차!"

짧게 숨을 고르는가 싶던 에던이 그대로 몸 통째로 눈 속으로 파고들었다.

그리고 잠시 후,

"푸하아아…"

하나의 인영이 그의 손에 끌려나오는 게 보였다.

"아줌마?"

그 정체를 확인한 셰릴이 깜짝 놀라서는 달려갔다. 드락 역시도 그 뒤를 바짝 따라붙었다.

"어떻게 된 거야?"

그간 제법 미운정이 쌓였던 것인지, 어느새 곁으로 다가 온 세릴이 걱정스런 물음과 함께 레일라를 살폈다. 그리고 한층 더 안색을 굳히는데, 이는 레일라의 안색이나 호흡 거기에 더해 박동까지, 전부 싸늘한 죽음으로 이어져 있음을 느낀 까닭이었다.

'설마…'

딱딱하게 굳어버리는 그녀의 모습에 에던이 고개를 저으 며 말했다.

"걱정 마. 아직 살아있으니까."

세릴이 즉각 레일라에게 밀착하여 확인해 봤으나, 여전 히 느껴지는 게 없었다.

초월자의 감각으로도 잡히지 않는 숨결이건만, 살아있다 는 게 이해가 되질 않았다. 자연히 에던을 바라보는 눈길 가득 의문이 담겨있을 수밖에 없었다.

"정확한 건 나도 몰라. 그저… 살아 있다는 것만 느껴질 뿐이니까."

생사의 경계를 보는 심판자로써의 권능이 이를 알게 해 준 것이다. 게다가 겉보기와 달리 그 생의 기운은 제법 안 정되어 있었는데, 이상하게도 위태로운 건 아니라는 결론 이 나왔다.

에던의 말에도 불구하고 당장 외형적인 모습이 워낙 어둔 까닭인지, 셰릴은 선뜻 표정을 풀지 못했다.

그 순간이었다.

우우우웅…

그녀가 들고 있던 원형판이 진동을 하는가 싶더니, 옅은 빛 무리를 토해내는 게 보였다.

그것은 가루처럼 흩날리다, 이내 레일라에게로 향해 날아가 그녀의 콧속으로 빨려 들어가는데, 그와 동시에 놀라운 상황이 펼쳐졌다.

"쿨럭…."

레일라가 짧게 기침을 하며 숨을 토해내는 것이 아닌가. 일행이 깜짝 놀라서 그녀를 바라봤다.

두어 차례 더 기침을 하는가 싶던 그녀가 이내 나직한 신음성과 함께 힘겹게 눈을 떴다. 점차적으로 창백하던 안색에 혈색도 올라오고 있었다.

"으음… 너무 늦었어. 쿨럭…."

그러더니 대뜸 에던을 향해 한소리를 던져왔다. 뒤이어 셰릴에게도 말을 아끼지 않았다.

"울 건지 화낼 건지 하나만 해."

셰릴의 표정이 와락 구겨졌다.

죽은 줄 알았던 레일라가 무사하다는 사실에 두 눈 가득 기쁨을 흘러내리려던 그녀였으나, 이내 자신이 연적의 생환에 너무 기뻐한다는 걸 깨닫고는 인상을 찌푸리는 중이었는데, 하필 그 미묘한 표정변화의 교차점을 레일라에게 들켜버린 것이다.

"흥! 콱, 뒈져버릴 것이지."

그렇게 날카롭게 쏘아붙인 그녀가 휙 하지 등을 돌렸다. 하지만 거친 말 속에 숨겨진 감정을 이미 읽었던 터라, 레일라가 희미한 미소를 지어 보였다.

잠시간 그들의 모습을 바라보던 에던이 조심스레 물었다.

"대체 뭐가 어떻게 된 거야?"

"뭐긴, 죽다가 살아난 거지."

레일라의 대답에 에던이 눈을 동그랗게 떴다. 그러며 재차 마경을 열어 생사의 경계를 살피는데, 여전히 삶의 기운과 그 흐름은 안정되어 있었다.

의아한 얼굴로 그녀를 바라보고 있을 때, 문득 레일라가 왼 팔뚝을 들어 올리며 말했다.

"실제로도 절반 정도는 죽어있었어."

그 새하얀 팔뚝의 중앙에 새겨진 두 개의 자그마한 상처가 보였다.

"설마…."

경직된 에던의 표정에 레일라가 태연히 대답했다.

"물려버렸거든."

그 상대가 누구인지는 굳이 답할 필요가 없었다.

에던과 셰릴 그리고 드락의 머릿속으로 공통된 단어 하나가 떠올랐다.

'뱀파이어.'

그들의 표정이 딱딱하게 굳어갔다.

❖ ❖ ❖

창조신이 허락해 권능이 되어버렸다는 용언마법.

드래곤이 전하고 인간이 발전시켰다는 서클마법.

마계에서 넘어와 인간을 오염시켰다는 암흑마법.

자연에서 깨우쳐 세상과 소통시킨다는 원소마법.

그리고,

각 일족의 특성을 극한까지 발전시켜서 탄생한 혈족마법!

그 피를 통해서 대대로 전해 내려가는 게 특징이었는데, 뱀파이어의 혈마법은 바로 이 혈족마법의 일종이었다.

마법사들이 마나 대신, 그들은 흡혈의 종족답게 피를 매개체로써 강렬한 마법들을 발휘하고는 했다.

레일라는 바로 이 혈족마법을 알고 싶었다.

서클마법에 암흑마법 거기다 원소마법까지 전부 경험한 바 있기에, 뱀파이어의 혈마법에 호기심이 동한 것이다.

물론, 일행의 목적에 충실하고자, 암전과의 연관성을 조사하기 위한 추격이기도 했다. 그저 그 위에 개인적인 탐구욕을 살짝 끼워 넣었을 뿐이었다.

"항상 그놈의 호기심이 문제지."

셰릴의 날선 타박에 레일라가 희미하게 미소를 지었다. 그녀의 말이 하나도 틀린 게 없는 까닭이었다.

호기심이 너무 깊이 들어와 버렸고, 그로 인해서 뱀파이어들에게 습격을 받았으며, 결국 팔뚝에 그 흔적을 남기기까지 했다.

"몸은 좀 어떤 것 같아?"

셰릴이 그렇게 물으며 레일라를 살폈다. 레드문의 수장으로써 다양한 공부를 했고, 그 덕분에 간단한 치료술 정도는 알고 있기에, 그녀가 레일라를 맡아서 살피는 중이었다.

"…괜찮아."

그리 답하는 레일라의 표정은 여전히 창백하기만 했다. 혈색이 제법 돌아오기는 했으나, 아무래도 장시간 눈 속에 파묻혀 있던 데다가, 뱀파이어들의 습격 속에서 팔뚝을 물린 후유증도 커 보였다.

냉정하게 판단해 봤을 때, 셰릴의 지닌 치료술만으로는 감당하기 어려운 상황이었다.

특히, 뱀파이어의 송곳니와 관련된 부상은 그녀로써도 전혀 관련된 정보가 없었다. 워낙 오래전에 세상에서 자취를 감춘 일족이다 보니, 그 자료가 없었기에 어떤 후유증이 남을지는 그저 미지수일 뿐이었다.

오히려 그 같은 부분은 부상을 입은 레일라가 더 잘 알고 있을 거라 여겼다. 때문에 수시로 그녀에게 몸 상태를 물으며, 환자 본인의 대답을 통해 체크하고 있는 것이기도 했다.

"너무 그렇게들 볼 것 없어."

레일라는 그 말과 함께 일행을 돌아봤다. 걱정 가득한 그들의 눈빛을 보고 있노라니, 왠지 저들의 생각이 읽혀졌다.

상황이 상황인 만큼, 그 생각을 모를 수가 없었다.

"겨우 한 번 물렸다고 뱀파이어가 될 일은 없으니까. 그런 표정 하지 마."

그녀의 말에 에딘이 슬쩍 왼 팔뚝을 잡으며 물었다.

"이 정도로 선명하게 물렸는데?"

진하게 남아있는 송곳니의 흔적을 슬쩍 바라보던 레일라가 고개를 저으며 답했다.

"그냥 물기만 한다고 해서 뱀파이어로 변하는 게 아니야. 그렇게 쉽게 뱀파이어가 되면, 그들이 사람들의 눈을 피해서 숨어 다닐 이유가 없잖아. 보이는 족족 뱀파이어로 만들면 되는 건데."

확실히 그 말도 틀리지는 않다고 여겼고, 그제야 안도하는 눈빛과 함께 일행들의 얼굴이 살짝 풀어졌다.

그 모습을 잠시 지켜보던 레일라가 재차 입을 열었다.

"뱀파이어가 새로운 일족을 만들려면, 상당한 시간이 필요해."

뿐만 아니라 지닌바 혈마력의 소실도 감당해야만 했다.

"팔뚝에 제대로 한 방 물리기는 했지만, 이 정도로는 뱀파이어로 만들 수 없어."

물론, 그렇다고 해서 아무 피해도 없는 건 아니었다.

"지금 내 몸 상태가 그 후유증이지."

그들의 송곳니에는 특유의 '독'이 있었다.

"정확하게는 일종의 '저주'라고 보면 되는데, 이게 생각보다 지독하더라고."

마력의 흐름을 방해하고 마나를 오염시키며, 내부의 균형감을 흔들어놓아 서클까지 타격을 주는 실로 위협적인 저주였다.

때문에 눈 속 깊숙이 몸을 파묻고는 스스로를 가사상태로 만들어, 뱀파이어들의 위협으로부터 몸을 지킨 것이기도 했다.

"완전히 죽은 줄 알았는데, 그게 마법이었을 줄이야."

셰릴의 이야기에 레일라가 짧게 설명해줬다.

"좀 더 정확히는 정령술이지."

뱀파이어의 전투로 마나는 바닥을 치고, 그 와중에 밀려오는 저주로 인해 서클까지 불안정하게 흔들리는 까닭에, 정령술로써 이를 대처해야만 했다.

레-그라자에서 엘프들에게 배운 공부였다.

정령을 체내에 받아들여 모든 흐름을 정령의 통제에 두는 것으로써, 최소한의 생명력만 유지시키는 까닭에, 어지간한 감각으로도 그 심장의 박동이나 호흡 등을 읽어내기가 어려웠다.

뱀파이어들의 감각을 속이고 숨으려다 보니, 그녀는 극단적인 수준까지 호흡을 감춰야만 했는데, 그 때문에 셰릴과 드락의 감각으로도 찾아내기가 어려웠던 것이다.

현재에도 내부에서는 끊임없이 정령을 움직이며 내부의 저주를 걷어내고 치료 중이었다.

마경을 연 에던의 눈에 그녀의 기운이 죽음보다 생에 가깝게 여겨졌던 것도 이 같은 이유 때문이었다.

이제 깨어난 그녀가 직접 정령들과 소통을 하는 만큼, 가사상태에 빠져 있을 때보다 한층 빠르게 회복을 할 수 있을 터였다.

"그래서 뱀파이어의 거처는 찾았고?"

더 이상 레일라를 걱정할 필요는 없다는 걸 알았는지, 세릴이 평소처럼 특유의 쏘는 음성으로 그녀에게 물었다.

그 모습에 가볍게 실소한 레일라가 고개를 저어보였다.

"정확히 어딘지는 모르겠지만, 대충 짐작 가능 장소는 있지."

추격 속에서 이동하던 방향과 갑작스런 습격을 짐작해봤을 때, 극단의 대지 가장 깊숙한 곳에 저들의 거처가 있을 거라 여겨졌다.

"일단은 몸조리가 먼저야."

그 말과 에던이 레일라를 한쪽으로 눕혔다. 세릴이 그녀의 몸 상태를 체크하는 동안, 옷가지를 쌓아서 준비한 자리였다.

고개를 끄덕인 레일라가 가만히 눈을 감았다. 그의 말처럼 일행의 짐이 되지 않기 위해서라도 회복이 우선이었다.

그 마음이 전해진 듯, 내부의 정령들이 한층 활발하게 움직이기 시작했다.

❖ ✛ ❖

[책임을 지시오!]

남 대륙의 끝자락, 극단의 대지에서 날아든 통신으로 인해, 암전에는 비상이 걸려야만 했다.

저들 뱀파이어들에게 불청객이 찾아들었다는 소식을 전해들은 까닭이었다.

아무래도 암전에게 있어서는 매우 중요한 협력자인 탓에, 그 내용을 무시하기가 어려웠다.

망자탈혼의 실험 중 상당부분이 그들의 혈마법에 도움을 얻었기 때문이었다. 게다가 아직 망자는 완성되지 않았기에, 여전히 그들의 도움을 필요로 할 수밖에 없었다.

남 대륙의 정보를 총동원하다시피 한 결과, 오래지 않아 불청객들의 정체를 파악할 수 있었다.

[사신, 운트!]

상황이 꼬였다는 걸 알았다.

어찌하여 사신이 극단의 대지에 발을 들였고, 저들 뱀파이어를 압박한단 말인가.

저들의 이야기처럼 이번 사건은 결국 암전의 책임이었다. 그들이 제안하여 뱀파이어의 흔적을 외부에 남겼고,

결국 그게 덜미를 잡혀 불청객들을 그곳으로 불러들인 것이다.

이미 중앙 대륙을 크게 헤집어놓은 사신의 저력을 아는 까닭에, 그와의 마찰은 최대한 피하고자 하는 게 최근 암전의 방침이었다.

물론, 언제까지 피하기만 할 생각은 없었다. 그저 망자탈혼의 저력이 각국 인사들에게 알려지고, 나름의 성과를 거둘 때까지는 한 발 물러나 있자는 결론이었다.

하지만 이번에는 그러기가 어려웠다.

그들 암전이 벌인 사건의 여파가 저들 뱀파이어의 터전까지 뻗은 까닭이었다.

결국에는 움직일 수밖에 없었다.

기왕 이렇게 된 거, 지금 이 상황을 최대한 이용하고자 나름의 계획을 꾸몄다.

"최대한 걸음을 늦춰."

그리 하여 일단 사신과 뱀파이어를 격돌하게 만들 생각이었다. 세상에는 알려지지 않았으나, 뱀파이어의 전력은 실로 무시무시한 수준이었다.

비록 그 숫자는 많지 않았으나, 각자가 뛰어난 실력을 지니고 있는 까닭에, 말 그대로 소수정예의 집단이라 할 수 있었다.

하급의 뱀파이어마저도 기사급의 실력을 보유하고 있을 정도였으니, 더 말해 무엇하랴.

그들 전력이라면 암전의 사냥개나 망자 수준이 아니라, 현자의 돌로써 완성시킨 팬텀에도 비견할 수 있었다.

사신에게 충분한 타격을 줄 수 있을 거라 여겼다. 그렇다면 합류하여 그들과 연계하는 게 낫지 않겠냐는 의견도 나왔지만, 이 부분에서 또 하나의 계획이 펼쳐졌다.

"그들이 망령의 돌을 흡수하게 만들어야지."

고위 귀족이 탄생하거나 미치거나.

결과가 어떻게 나올지, 암전에서도 적잖은 관심을 기울이는 부분이었다.

물론, 그렇다고 걸어갈 수는 없는 법이니 만큼, 적당히 병력을 모으는 시간과 극단의 대지를 대비한 준비 등으로 시간을 벌 생각이었다.

비록 거래 대상의 터전이라고는 하나, 그곳은 대륙의 금지라고 불리는 장소들 중 하나였다. 발을 들이는 것만으로도 충분한 도전이라 여겨지는 만큼, 그 준비는 철저할수록 좋았다.

합당한 시간벌이가 될 거라 여겼다.

❖ ✛ ❖

외부세력에게 불청객에 대한 소식을 전했고, 이를 통해서 그와 관련된 정보를 얻을 수 있었다.

"으음… 사신이라니."

아무리 그들 뱀파이어 일족이 극단의 대륙에서 폐쇄적인 생활을 한다지만, 대륙의 소식에 어두운 건 아니었다.

그들 일족의 안전을 위해서라도 항시 대륙을 향한 눈과 귀는 열어놓고 있었다.

때문에 불청객의 정체에 긴장할 수밖에 없었다. 현 대륙을 뜨겁게 달구고 있는 초월자의 등장인 까닭이었다.

뿐만 아니라 협력관계인 외부세력에게 들은 것도 있어서인지, 더더욱 그 존재가 부담될 수밖에 없었다.

"암전에서 오는 지원군은 아직 멀었다더냐?"

이드라반은 통신을 담당하고 있는 이에게 수시로 그리 물었다. 상황의 심각성을 아는 까닭이었다.

사신 그 자체만으로도 문제였지만, 그의 곁에 플레임 스피어가 함께하고 있다는 걸 알기 때문에 더더욱 골머리가 아팠다. 뿐만 아니라 그들 이전에 들어섰던 마도사 역시 신경이 쓰였다.

암전에게 전해들은 정보가 있는 까닭에, 그 여인이 사신의 일행일지도 모른다는 예감을 받은 것이다. 상당히 높은 확률로 그럴 거라 여겼다.

수하들에게 들은 보고로는 그 외에 또 한명의 여인이 있다고 들었는데, 그녀의 실력도 놀라울 정도라고 했다.

말인 즉,

'초월자가 넷이라⋯.'

정확히 딱 이렇다는 정보가 나온 건 아니었지만, 수하들의 눈과 육감을 토대로 내린 결론이 그랬다.

"젠장!"

욕지거리가 절로 나왔다.

그 와중에 암전에서 날아드는 통신은 더욱 그의 머리를 아프게 만들었다.

"급히 병력을 모으는 중이랍니다."

"출전을 대비해서 준비 중이라고 합니다."

"이제 막 출발했다고 합니다."

늦어도 너무 늦었다. 움직인다는 통신이 들어오기는 했지만, 이 역시 한참을 늦은 이동이었다.

'설마, 이놈들이 딴 생각을 하고 있는 건가?'

일정부분 의심해 볼 만한 상황이었다. 하지만 극단의 대지가 지닌 위험성을 알기에, 그 같은 마음을 드러내기도 어려웠다.

그나마 다행이라면 불청객들의 한 자리에 멈춰있다는 것이었는데, 하필 그 위치가 그들의 터전에서 멀지 않을 장소인지라, 긴장감을 항시 유지해야만 했다.

'피가 마르는 기분이군. 젠장!'

뱀파이어에게 있어서는 최악의 감각일 터였다.

암전의 지원군이 도착할 때까지만 지금 이 상태를 유지한다면, 최악의 상황만큼은 피할 수 있을 거라 여겼다.

허나, 그저 바람이었던가.

"그들이 움직였습니다."

멀찍이서 관찰 중이던 수하의 다급한 통신에 결국 최악을 대비해야만 했다.

'…어쩔 수 없나.'

이드라반은 손 안에 쥔 주먹만 한 돌을 바라봤다. 마치 유혹이라도 하듯, 피처럼 붉은 색깔을 비치고 있었는데, 암전과의 기나긴 협력 속에서 탄생시킨 망령의 돌이 바로 그 붉은 돌의 정체였다.

그것을 품 안에 챙기며 밖으로 향했다.

시커멓게 물든 하늘이 보였다.

달 그리고 별!

그들의 시간이었다.

'이해 할 수가 없군.'

저들은 어째서 이 시각에 움직인 것일까?

모를 일이었다.

❖ ✜ ❖

기본적으로 뱀파이어를 상대하고자 한다면, 기본적으로 그들의 약점이라 할 수 있는 태양빛 아래로 그들을 끌어내는 게 중요했다.

"밤에 움직이자."

하지만 레일라는 그 같은 기본을 무시하려 들었다. 그녀의 제안에 일행들의 반발이 이는 건 당연한 일이었다.

"왜? 요 며칠 요양 좀 해서, 이젠 좀 살만한가 봐. 아니면 그 사이에 정신도 나가버린 거야? 지금 환각증상인 건 아니지?"

톡 쏘듯 날아드는 셰릴의 타박에 레일라가 잠시 그녀를 바라보다 물었다.

"자신 없어?"

그 순간 셰릴의 표정이 제대로 구겨졌다.

"어디서 그딴 소리를! 저놈들이 밤의 귀족이라면, 나는 밤의 여왕이라 이거야. 오히려 저것들이 두려워해야 할걸."

레일라가 고개를 끄덕이며 말했다.

"그럼 됐네."

"무… 뭣…."

이상하게 한 방 먹은 것 같단 느낌에 셰릴의 동공이 살짝 풀려버렸다. 그러거나 말거나 에던에게로 고개를 돌린 레일라가 그에게도 물었다.

"자신 있지?"

에던은 대답 대신 어깨만 으쓱였다. 여유 있는 그 태도가 자신감을 비쳐주고 있었다. 일행들 중 가장 뛰어난 실력자이기도 한데다가, 스스로도 이를 잘 알기에 보일 수 있는 모습이었다.

레일라가 마지막으로 드락을 향해 시선을 보내는데, 질문을 받기도 전에 그가 입을 열었다.

"걱정 말게."

고개를 끄덕인 그녀가 차분히 눈을 감고, 마지막으로 스스로에게 물음을 던졌다.

'괜찮겠지?'

한 차례 고생을 한 보람이 있던지, 희미하던 일곱 번째 서클이 한층 진해졌고, 정령력 역시도 작게나마 성장한 걸 느낄 수 있었다.

초월자만 넷이었다.

상대가 어느 정도의 규모고, 강자가 얼마나 배치되어 있을지는 모르겠지만, 일기당천의 실력자 넷이라면 충분히 감당할 수 있을 거라 여겨졌다.

'할 수 있다!'

그렇게 스스로의 물음에 답을 내어놓은 레일라가 찬찬히 두 눈을 떴다.

슬슬 어둠이 내려앉고 있는 게 보였다. 그녀의 의견이 아니었더라면, 저 어둑한 하늘 너머로 새벽의 나팔이 불어올 때, 그 즈음에 활동을 개시했을 터였다.

하지만 그녀의 주장으로 인해, 이 어둠이 깊어지면 움직이기로 계획을 바꾼 상황이었다.

"굳이 한밤중에 뱀파이어를 상대하려는 이유가 뭐야?"

그녀가 눈이 뜨기를 기다렸다는 듯, 셰릴이 즉각 질문을 던져왔다.

"확인하고 싶은 게 있으니까."

레일라의 대답에 일행들의 시선이 그녀에게로 모아졌다.

"그게 뭔데?"

셰릴이 재차 물었고, 이어진 대답이 의외였다.

"마법!"

"마법?"

7서클의 마도사가 마법을 확인한다?

의문을 내비치는 셰릴의 모습에 레일라가 로브를 걷어 자신의 왼 팔뚝을 보였다. 휴식과 치유로 인해 몸은 회복을 했지만, 뱀파이어에게 물린 상흔은 아직 남아있었다.

"혈마법을 한 번 훔쳐 볼 생각이야."

"…그게 말이 된다고 생각해?"

당연히 이어지는 반박이 있었다.

"혈족마법은 그 피를 이어서 내려오는 마법이라고. 설마, 모르는 거야? 아니… 모를 리가 없잖아."

셰릴이 눈살을 찌푸리며 레일라를 바라봤다. 마도의 영역에 든 존재가 혈족마법에 대해 모른다는 것 자체가 말이 안 됐다.

그럼에도 불구하고 저 같은 이야기를 한다?

"정말… 혈족마법을 배울 수 있는 거야?"

레일라가 고개를 끄덕였다.

"배우는 게 아니라 훔치는 거다."

"쯧! 말꼬리 물지 말고. 제대로 대답해 봐."

옆에서 듣고 있던 에던과 드락 역시도 궁금한 모양이었던지, 그들도 대답을 바라는 눈빛으로 레일라를 지긋이 응시하며 그녀를 압박했다.

이에 레일라자 재차 팔뚝을 내밀며 그 위의 상흔을 가리켰다.

"뱀파이어들은 여기보이는 이것처럼 송곳니를 꽂아 넣은 뒤, 흡혈과 전이를 통해서 새 일원을 탄생시켜. 이 정도는 다들 알지?"

일행들의 고개가 끄덕여졌다.

"여기서 중요한 건, 그 과정에서 송곳니가 중심적인 역할을 한다는 거야."

대개 뱀파이어들은 '피의 축복'이라는 과정을 통해 새로운 일족을 탄생시킨다. 거기에서도 송곳니라는 매개체를 필요로 하는데, 레일라는 이 부분을 주목했다.

어쩌면 이 저주라는 게, 그들의 축복과도 관련 있을지 모른다고 생각한 것이다.

"너, 설마…."

순간 떠오르는 게 있었던지, 셰릴이 눈살을 찌푸리며 레일라를 바라봤다.

"일부러 물린 건 아니겠지?"

"그건, 아니다. 하지만 조금은 그런 생각도 했던 것 같기는 하네."

셰릴은 직감적으로 '조금' 수준이 아니었다는 걸 알 수 있었다. 그녀의 눈매가 얇아지는 걸 본 레일라가 희미하게 미소를 보냈다.

잠시 멈춘 듯싶었던 이야기가 다시금 시작됐다.

"회복하는 와중에 뱀파이어의 저주 속에서 그들이 축복이라 부르는 조각을 찾아낼 수 있었어."

뱀파이어의 저주라 불리는 상처였지만, 그 실상은 피의 축복과 다를 게 없었다.

단지, 얼마만큼의 시간을 물고 있느냐에 따라서, 또한 혈마력이 어느 정도 투입되었는가에 따라, 저주가 될 수도 축복이 될 수도 있는 것이다.

사실, 치료에만 힘썼더라면 이렇게 오랜 시간이 걸릴 이유가 없었다. 저주 속에서 혈족마법의 잔재를 찾아내려 하다 보니, 그 기간이 길어질 수밖에 없었다.

짧은 순간 발생한 상처인 까닭에, 그 안에 담긴 흔적도 옅었고, 이를 골라내는 것 역시 어려운 게 당연했다.

의도적으로 일정 수준 이상의 회복을 막으며 끊임없이 저주를 파헤친 것이다. 이를 사실대로 말하면 셰릴이 귀찮을 정도로 걸고넘어질 것을 알기에, 굳이 거기까진 언급하지 않았다.

그나마도 정령의 도움을 받았기에 찾아낼 수 있던 것이지, 순수 마법사적인 능력만으로는 결코 발견하지 못했을 터였다.

어렵사리 혈족마법의 파편을 찾아 그걸 몸에 새겨두기는

했지만, 이제 겨우 '씨앗' 정도였고, 그나마도 명확히 이렇다 할 지침서가 없는 까닭에, 이를 어찌 활용해야 할지도 몰랐다.

애초에 이 '파편'이 제대로 된 혈족마법의 잔재인지도 미지수였다.

그런 이유로 뱀파이어들과의 전투가 중요했다.

"제대로 된 혈마법을 직접 체험해야겠어."

이미 경험이야 했지만, 그건 몸 안에 '씨앗'이 새겨지기 이전의 이었다.

잠시간 가만히 들어주던 셰릴이 재차 말문을 열어 물었다.

"그게 굳이 밤 시간대여야만 해?"

"아무래도 뱀파이어의 혈족마법을 훔친 거라서."

겨우 씨앗만 심은 정도라 그 존재감이 약했고, 그런 까닭인지 태양이 뜬 시간에는 씨앗이 숨어버리고는 했다. 그리고 이 같은 변화 때문에 혈마법과 연관이 있을 거라 여기는 것이었다.

요 며칠 유심히 지켜본 결과, 그녀의 남다른 감각으로도 이를 찾아내기가 어려웠고, 정령들의 도움을 얻어 어찌어찌 찾아내도 움직일 수가 없었다.

"그러니까… 전부 네 호기심 때문이란 소리네?"

짜증이 일부 섞인 얼굴로 셰릴이 재차 물었고, 이에 레일라는 짧게 답했다.

"미안해."

설마 여기서 사과를 해 올 줄이야.

워낙에 표정 변화가 적은 탓에, 진심이 섞인 건지 아닌지 확인은 어려웠지만, 생각지도 못한 반응이었던 까닭에, 잠시간 말문이 막혀버렸다.

"끄응…."

결국, 화낼 타이밍을 놓쳐버린 듯, 셰릴이 앓는 소리와 함께 휙 하니 등을 돌렸다.

그 모습에 레일라가 희미하니 미소를 지었다. 그간 이래저래 투닥거리며 붙어서 지낸 시간이 제법 길었던 까닭일까?

최근 들어서는 셰릴을 바라보는 시선에 많은 변화가 찾아왔다.

'여동생이 있다면 이런 느낌이려나.'

연적이라는 관계 사이로 새로운 의미 하나가 부여되고 있음을 알았다. 이는 그녀만 겪는 감정변화는 아닐 거라고 여겼다.

셰릴 역시도 그녀를 바라보는 눈빛이나 태도 같은 것들이 전과 다름을 아는 까닭이었다.

'싸우다 정든다더니.'

어딘가의 격언을 떠올린 레일라가 짧게 실소하며 밖을 바라봤다. 내부의 씨앗이 한층 선명해진 걸 통해, 어둠이 짙어졌음을 알았다.

"슬슬, 출발하자."

그 말과 함께 레일라가 먼저 자리에서 일어났고, 다른 이들도 그 뒤를 따라 눈 집을 나섰다.

뼛속까지 파고드는 한기가 그들을 맞이했다.

❖ ✛ ❖

나아가 맞서기보다는 기다려 맞이하기로 결정했다.

[트리트피카!]

극단의 대지 깊숙한 곳에 그들이 세운 성으로써, 무려 세 번의 천년을 거쳐 온 역사가 그 안에 담겨있었다.

비록, 원치 않았던 지역에 세운 터전이라고는 하나, 그래도 오랜 세월 머물러온 덕분인지, 수많은 결계들과 마법장치들이 성안 가득 깔려있었고, 이를 통해서 그들은 지닌바 능력 이상의 괴력을 발휘하는 게 가능했다.

이를 최대한 활용하기로 의견을 모았고, 그렇게 성벽에 서서 불청객이 도착하기까지 기다렸다.

그들 일족의 거처를 드러낸다는 점과 전투로 성이 파괴될 수 있다는 점이 꺼려지긴 했으나, 침입자의 강함을 알기에 감수해야만 하는 부분이라 여겼다.

물론, 그냥 기다리기만 하는 건 아니었다.

조금이라도 더 체력을 깎아놓고자, 사방으로 도망갔던 특수종들을 불러들여 불청객들에게로 몰았다.

앞서 상당수가 소모되었다고는 하나, 극단의 대지 전역에서 긁어모으다 보니, 제법 상당한 숫자가 모일 수 있었다.

하지만 말 그대로 체력을 빼놓기 위한 수준밖에 되지 않을 거라 여겼다. 불청객들의 전력을 아는 까닭이었다.

'뭐… 그거면 충분하지.'

얼마나 기다렸을까.

슬슬 밤의 장막이 절정에 달하는 시간대가 찾아올 무렵, 저 멀리서부터 비릿한 혈향이 날아들었다.

사나운 칼바람이 몰아치는 중이었으나, 흡혈의 본능이 이를 뚫고 그 향을 맡은 것이다.

'결국… 오는가.'

억세게 이를 악문 그가 안력을 높이며 저 멀리 어둠의 장막을 꿰뚫어봤다.

그리고,

"허억!"

숨이 멎을 것 같은 충격을 받아야만 했다.

가까스로 호흡을 잡아 들숨과 날숨을 반복한 그가 하늘을 향해 시선을 던져 보냈다.

'별이….'

있었다.

'달도….'

존재했다.

'그렇다면….'

그가 본 어둠은 무엇이란 말인가.

다시금 혈향이 날아드는 곳으로 시선을 집중하자, 검은 색 위로 더 짙은 검은 색이 깔려있는 것 같은 기이한 풍경이 그의 시야에 잡혔다.

또 다시 충격이 밀려들었으나, 앞서의 경험으로 인해 심적 대비를 하고 있던 덕분인지, 호흡이 끊어지는 일은 없었다.

'사신이다!'

어찌하여 대륙에 그 같은 이름으로 존재감을 알리게 되었는지, 한 눈에 알 수 있었다.

전신이 떨려왔다.

다행이라면 성벽의 가장 높은 곳에 서 있는 게 그 혼자라는 점이었다. 볼썽사나운 모습을 들키지 않았음에 안도하던 그가 품 안으로 손을 집어넣었다.

우우우웅….

망령의 돌이 내비치는 힘의 파동을 손끝으로 느끼던 그가 주저함 없이 그걸 꺼내어 입 안으로 집어넣었다.

주먹만한 돌의 크기에 일순 목구멍이 찢어지는 것 같은 통증을 느껴야만 했으나, 이를 무시하며 꾸역꾸역 밀고 쑤셔서 기어이 삼켜냈다.

불청객들을 상대하다 상황이 어렵다 싶으면, 최후의 방법으로 망령의 돌을 흡수하는 게 그의 계획이었다.

상황이 잘 풀린다면 그대로 품에만 두고 있다가, 다시금 제자리에 가져다 놓으려고도 생각했다.

하지만 사신의 존재감을 마주하자 그 같은 생각이 저만치 달아나버렸다. 자칫 멸족의 위기를 겪을지도 모른다는 위기감이 들더니, 그의 본능이 돌을 잡고 삼키게 만들었다.

원래 돌을 흡수하는 방법은 따로 있었으나, 조금이라도 더 빠르게 받아들이고자 억지로 밀어 넣은 것이다.

"끄흐으읍…."

뱃속에서부터 올라오는 짜릿한 통증에 신음성이 터져 나왔고, 이내 절규로 변해갔다.

갑작스런 그의 비명성에 깜짝 놀란 듯, 성벽 곳곳에 퍼져 있던 귀족들과 장로들이 달려왔다. 그러다 약속이나 한 듯, 일제히 뒷걸음질을 치는 모습을 보였다.

이드라반에게서부터 뻗어 나오는 붉은 기류가 그들을 밀어낸 까닭이었다.

"이건, 설마…."

진화라는 단어가 그들 머릿속에 떠올랐고, 자연히 생각나는 게 있었다.

"망령의 돌!"

장로들이 경악성을 터트리며 이드라반을 바라봤다.

많은 실험을 통해 그 완성도를 높여왔다고는 하나, 망령의 돌은 여전히 불완전한 것이었다. 안정성 면에서 확신하기 어려운 문제가 있었고, 그 때문에 그 흡수를 여태껏

미뤄온 것이 아니던가.

"갑자기 왜…?"

"어째서?"

대부분의 귀족들이 이해할 수 없단 얼굴로 이드라반을 바라보는데, 기이하게도 장로들의 표정은 여타 귀족들과 달랐다.

이들 역시도 에던이 내비치던 죽음의 기운을 본 까닭이었다.

'으음….'

'결국, 삼킨 것인가.'

그들은 걱정스런 얼굴로 일족의 수장을 지켜봤다. 어쩔 수 없는 선택이었음을 알기에, 더욱 안타까운 마음이 컸다.

어떤 결과가 나올지는 모르겠으나, 부디 최악만 아니길 바랄 뿐이었다.

그러는 사이,

"이리오너라!"

어느새 도착한 객이 성문을 두드리고 있었다.

2. 심연의 주인.

2. 심연의 주인.

피에서 피로 이어지는 기나긴 혈로가 그려졌다.

그간 보이지 않던 특수종들이 대거 출현하며, 일행의 앞길을 막아서는 걸 보며, 그간의 습격이 뱀파이어들의 수작이었음을 확신할 수 있었다.

때문에 더욱 단호히 손을 썼다.

최초, 암전과의 관계를 파악하기 위해 이곳으로 움직였으나, 저들의 선공으로 인해 결국 격전을 치러야만 했다.

그로 인해 대화로 풀어갈 여지는 사라졌음을 알고 있기에, 확실하게 실력을 드러내며 기선을 제압하고자 한 것이다.

조합이 좋다고 해야 할까?

기사 그리고 암살자 거기에 더해 전천후로 움직일 수 있는 용병이 방진을 이루고, 그 뒤에서 마법사가 여유 있는 캐스팅을 준비한다.

그 때문인지 실로 압도적인 파괴력을 선보이며 그들 일행은 목적지를 향해 거침없이 질주할 수 있었다.

"저긴가."

멀리 보이는 웅장한 성 하나가 일행의 시선을 잡아끌었다. 한 눈에 봐도 범상찮아 보이는 분위기가 저곳이야말로 목적지로 합당하다는 생각을 들게 만들었다.

사실, 이 극단의 대지에 저만한 건축물이 존재한다는 점에서, 저기 외에는 목적지로 할 만한 장소가 없기도 했다.

"뱀파이어라…."

에던이 그처럼 중얼거리며 눈을 빛냈다. 누군가 그를 바라보고 있음을 깨달은 까닭이었다.

그 정체는 알 수 없지만, 시선의 출발지가 그들이 목적지로 결론내린 그곳이었다. 마치, 그의 외면이 아닌 내부 깊숙한 곳을 꿰뚫어보려 시도하는 것처럼, 조금은 불쾌한 느낌이었다.

우웅…

사자검 역시 이를 느낀 것일까?

작게 울음을 토하며 그 존재감을 드러냈다. 그와 동시에 시선이 사라졌음을 알았다.

사자검이 그 존재감도 함께 드러낸 까닭이었다. 아마 그 여파로 인해 시선을 거뒀으리라.

'힘이 넘치는 모양이군.'

묵직한 무게감을 통해, 사자검이 삼킨 죽음의 숫자를 새삼 떠올렸다.

한 가지 기이한 점이라면, 앞서 사자검이 깨어나던 당시, 손목과 어깨가 한꺼번에 빠질 것 같은, 그런 무게감이 느껴지진 않는단 점이었다.

레일라의 활약이 돋보였지만, 그 역시도 놀고만 있던 건 아니었다. 사자검이 깨어나던 당시의 전투만큼 치열했고, 그런 만큼 죽음의 무게감 역시 짙게 서려있었다.

당시와 비교해도 부족하지 않을 정도였다.

허나 검의 무게는 앞전과 달리 가볍고 또 부담감도 덜했다. 어쩌면 당시 그가 느꼈던 무게감은 사자검이 깨어나던 여파가 아니었을까?

'그나저나…'

잠시 사자검을 살피던 시선과 감각이 스스로의 육신으로 향했다. 몸 상태가 생각 이상으로 정상이라는 게 느껴졌다.

신기하다고 해야 할까?

레일라의 활약이 압권이었다고는 하나, 분명 치열한 전투였다. 당연히 그만큼의 체력 소모가 일어나야 정상이건만, 현재 그의 육신은 너무나도 활력이 넘쳤다.

이번 전투를 통해, 이 역시 사자검의 능력이라는 걸 알았다.

앞서, 사자검을 깨우던 당시, 그로부터 검으로 이어지는 흐름을 느낀 적이 있었다. 이번에는 그 같은 흐름을 역으로 타고 들어오며, 사자검이 끊임없이 몸 상태를 보조해주고 있는 것이다.

[사자검을 든 심판자는 특별하지.]

크라이드만이 했던 이야기가 새삼 떠올랐다.

'인세의 마왕!'

그와 동시에 최초의 심판자에 대한 이야기도 머릿속을 맴돌았다.

전장은 필연적으로 죽음을 동반하고, 죽음은 사자검을 날뛰게 만들어준다. 동시에 그의 몸 상태도 보조해주며, 체력적 부담감도 털어내면서, 그야말로 전투를 위한 순환의 흐름이 검 하나로 인해 완성되는 것이다.

물론, 죽음이 더해질수록 그 무게감이 더해가는 게 느껴지는 까닭에, 결국에는 최초 사자검이 깨어나던 당시의 무게감을 느끼는 상황이 올 수도 있음을 알았다.

지금도 그를 보조해주고 있다고는 하나, 그 와중에도 사자검 자체의 무게는 끊임없이 더해지는 중이었다.

그나마도 적당한 휴식을 취한다면 다시금 본연의 무게를 되찾을 터였기에, 크라이드만의 말처럼 정녕 말도 안 되는 상상도 가능했다.

'이 정도라면…'

충분히 한 개 왕국을 헤집어 놓는 것 역시 가능할 것

같았다.

아직 별의 영역에 한 발 담그고 있는 그마저도 이 같은 생각이 들 정도인데, 그 너머로 올라선 존재라면 어떠하겠는가.

인세의 마왕이 지녔을 강함과 사자검의 조합을 떠올리자, 절로 등허리가 짜릿해지며 전율이 일어났다.

'괴물이네.'

그 외에는 마땅히 떠오르는 단어가 없었다. 머지않아 그 역시 다다를 수 있는 영역이라는 생각에 절로 뒷목이 찌릿해졌다.

용마대전의 한 편에 그 이름을 올릴 수 있는 게, 더는 이상하게 느껴지지 않았다.

'일단은….'

머지않을 미래의 일보다, 당장 코앞으로 다가온 전장을 먼저 신경 쓸 때였다.

거대한 성벽이 보였다.

이미 특수종들은 저 뒤에서 처리가 끝난 상황인지라, 한동안은 그저 걷고 또 걸어서 이곳까지 왔다. 저들의 대응을 대비하면서 왔건만, 별다른 반응이 없음에 다음 상황은 성안에서 이어질 거란 짐작을 할 수 있었다.

잠시 성벽을 올려다보던 에던이 냉큼 성문으로 다가가 힘차게 두드렸다. 그러며 목청껏 소리쳤다.

"이리오너라!"

저 멀리 어딘가의 독특한 인사법을 시원하게 내던졌다.

하지만 별 다른 반응이 없었다.

'흐음…어쩐다.'

에던이 슬쩍 뒤를 돌아봤다. 대뜸 앞장을 선 까닭에 일행들의 시선이 그에게로 모여 있었다. 앞으로 나선 만큼 그가 마무리를 하라는 듯, 일행들이 눈빛 혹은 턱짓으로 그의 시선을 받아치고 있었다.

입맛을 다신 에던이 잠시 쉬던 사자검을 뽑아들었다. 더해진 무게감만큼 들끓는 죽음과 마기의 열기가 손끝 가득 전해져왔다.

"손님 받아라!"

시원한 외침과 함께 검이 움직였다.

꽈르르릉…

검은 빛 뇌전이 땅에서부터 하늘로 솟구쳤다.

"크으….."

마치 벼락을 맞은 듯, 어깨를 타고 전해지는 짜릿한 감각에 에던이 한 차례 눈살을 찌푸릴 때, 뇌전이 지나간 궤적을 따라 성문이 갈라졌다.

쿠쿠쿠쿠쿠쿵…

이내 거대한 성문이 무너져 내리기 시작했다.

"들어가죠."

에던이 그 말과 함께 훌쩍 무너져버린 성문을 넘었고, 조금은 놀란 표정의 일행들이 그 뒤를 따랐다.

한 눈에 봐도 단단함이 남달라 보이던 성문을 단 일검에 갈랐다는 부분이 놀라웠던 것이다.

마법사인 레일라의 경우라면 충분히 가능할 일이겠으나, 셰릴과 드락은 저처럼 일격만으로 거대한 성문을 박살낸다는 건, 아무리 생각하도 무리가 있음을 알았다.

이미 사자검에 대해서 들은 게 있기에, 그나마도 충격이 작고 짧은 것이었다.

'무시무시하군….'

새삼스레 에던의 존재감을 뇌리에 박아 넣은 그들이 일제히 성문을 넘었다.

그 순간, 검고 붉은 물결이 그들을 향해 떨어져 내리는 게 보였다.

뱀파이어!

침입자들을 향한 그들의 응징이 시작되었다.

❖ ✛ ❖

뱀파이어는 태양빛에 약하다?

틀린 말이 아니다. 하지만 이곳 뱀파이어들의 새로운 왕국 트리트피카에서는 적용되지 않는 약점이었다.

수많은 마법진이 그들을 빛으로부터 보호하는 한편, 직접적인 능력의 증폭까지 이뤄주는데, 태양빛이 가장 강렬한 시간대에도, 한 밤의 가장 깊숙한 시간의 파괴력을 재현시켜 줄 만큼, 그것은 강하고 또 강렬했다.

하물며 지금 시간은 그들이 가장 마음에 들어 하는 어둠이 내려앉은 시간대가 아니던가.

모든 뱀파이어들이 그 강렬한 마법의 지원을 받아, 한껏 혈마력을 끌어올려 혈마법을 폭발시켰다.

핏빛 안개가 되어, 혹은 수십 수백의 박쥐 혹은 어둠의 그림자가 되어, 그렇게 하늘 가득 쏟아지는 별빛을 거둬들이며 칠흑과도 같은 밤하늘을 선사했다.

"실드!"

일단은 레일라의 마법이 전면에 세워졌다.

혈마법을 처음 접해보는 에던들과 다르게 그녀는 앞서 한 차례 저들과 접전을 치러봤던 터라, 당황하지 않은 채 침착히 그들의 공세를 받아넘길 수 있었다.

두두두두두두…

반투명의 장막 위를 두드리는 붉고 검은 그림자들이 거세고 거침없었다.

마치 폭포수가 떨어지듯 혹은 천둥성이 귓전에서 터져 나오듯, 그렇게 뱀파이어들의 독특한 혈마법은 일행들의 청각을 쉼 없이 유린했다.

"어마어마하네."

에던이 그 말과 함께 주변을 돌아봤다. 레일라가 펼쳐 놓은 마법이 아니었더라면, 저들이 기괴한 공격에 시작과 함께 한 방 크게 당했을지도 모른다는 생각을 지우기가 어려웠다.

"준비해!"

문득, 레일라가 던진 한마디에 일행들이 긴장어린 얼굴로 각자의 무기를 움켜쥐었다.

마나가 무한한 것이 아닌데다가 내리치는 공세가 가벼운 게 아닌 만큼, 레일라가 그들을 지켜줄 수 있는 시간은 길지 않았다.

쩌저저정…

경고가 있고 서너 호흡쯤 더 지났을 때, 마치 유리가 깨져나가는 것 같은 소음과 함께, 반투명의 막이 박살나는 게 보였다.

"흡!"

드락이 짧게 숨을 삼키며 거칠게 창을 돌렸다. 마치 풍차가 도는 것 같은 그 모습에 날아들던 붉은빛 안개가 사방으로 흩어져 나가는 게 보였다.

그 옆에서 셰릴은 마치 어둠을 담은 것 같은 칠흑빛 단검을 양 손에 움켜쥔 채, 현란하게 검광을 일으키고 있었다.

몰아치는 그림자를 더욱 거세게 휘몰아치는 어둔 검광으로 인해, 그들의 풍경은 점차적으로 지워지듯 혹은 스며들듯, 한밤의 풍경 깊숙이 녹아들기 시작했다.

레일라는 그런 셰릴과는 반대로, 뱀파이어와 상극이라 할 수 있는 불꽃을 전신 가득 내뿜으며, 날아드는 수많은 어둠의 그림자들을 쉼 없이 불태우며 걷어내고 있었다.

그리고 에던,

그는 묵묵히 검을 긋고 있었다.

사악…

붉은빛 안개를 가르는 섬광 하나,

사악…

검은 그림자를 휘젓는 섬광 하나,

"키에에에에엑…."

"끼이야아아아아아악…."

뒤이어 터져 나오는 요란한 비명성이 수십!

앞서 세 사람의 창과 칼 그리고 마법에도 이런 반응은 없었다. 그들의 공격에는 신음성조차 나오질 않았건만, 에던의 칼질에는 대기를 찢어발기는 사나운 비명성들이 정신없이 터져 나오고 있었다.

심판자와 사자검의 조합!

죽음을 읽어내는 심판자의 감각은 저 안개와 그림자 그리고 박쥐떼들 속에서도 여지없이 궤적을 그려냈다.

심판의 검은 죽음을 쫓았고, 사자의 검은 자비 없이 그 죽음을 삼켰다.

단지 기이한 건, 한 번의 칼질에도 불구하고 터져 나오는 비명성은 수십에 이른다는 점이었다.

그 이유는 안개와 그림자에서 하나의 형상이 떨어져 내릴 때 알 수 있었다.

'한 명이 아니었나?'

에던은 바닥에 너부러지는 뱀파이어들이 수십에 이르는 걸 보며, 저 안개와 그림자들의 정체가 여럿의 뱀파이어가 모여 있는 것임을 알았다.

일순, 이해가 되질 않았다.

'하나였는데.'

그에게 비쳤던 궤적은 단 하나의 죽음을 보여주고 있었다. 하지만 막상 베고 나자, 결과는 수십으로 이어진 것이 아닌가.

'안개라서?'

혹은 그림자라서 저렇게 수십이 하나가 될 수 있는 것일까?

혈마법이라는 '혈족' 마법의 특징일까?

수많은 의문들이 머릿속을 맴돌았지만, 이를 해결하기 위한 시간이 허락되진 않았다.

여전히 붉은빛 안개와 어둔 그림자 그리고 시커먼 박쥐 떼가 그들을 위협하고 있는 까닭이었다. 다른 생각을 길게 할 시간 따위는 없었다.

붉은 안개가 스치면 타는 것 같은 통증이 일고, 그림자가 지나칠 때면 옷가지가 녹아버리며, 박쥐 떼가 짓씹고 지나간 자리는 마치 마비라도 온 듯 얼얼해지고는 했다.

잠시 잠깐의 방심이 최악의 결과로 이어질 수 있는 상황인 것이다.

특히, 전설처럼 전해지는 뱀파이어와의 전투인 만큼,

정보가 부족했고 그만큼 낯설 수밖에 없으며, 경험적인 면보다는 본능적인 감각에 의존해야만 하기에, 생각보다 더욱 어려울 수밖에 없었다.

그 때문일까?

에던은 일행의 얼굴에 급속도로 피로감이 덧 씌워지는 걸 볼 수 있었다.

'안 되겠네!'

검을 쥔 손에 힘을 더했다.

"뒤로 물러나!"

에던이 그 말과 함께 훌쩍 전방으로 신형을 던졌다. 그리고는 사자검에 깃든 죽음의 흔적을 한껏 발산했다.

파아아앗…

그 순간,

안개가 흩어지고 그림자가 걷혔다.

❖ ✛ ❖

이드라반은 망령의 돌을 흡수하는 순간, 전신 가득 휘몰아치는 파괴본능과 흡혈의 욕구를 느껴야만 했다.

익숙한 감각이었다.

진화!

그 시작의 순간임을 알았다.

작위를 얻던 순간에도, 자작의 계급으로 올라서던 무렵

에도, 이 같은 욕망의 소용돌이가 그를 휩쓸고 지나갔기 때문이었다.

고위 귀족이 되기 위한 변화의 순간이 찾아온 것이다.

'드디어…'

그들 일족에게 있어서 백작 이상의 고위 귀족은 특별한 의미를 지니고 있었다.

앞서 언급하였듯, 고위 귀족은 '피의 축복'을 내려줄 수 있고, 이를 통해서 새로운 일족을 받아들일 수도 있었다.

이는 하위 귀족도 가능한 일이지만, 둘 사이에는 극명한 차이가 존재했다.

혈마령!

그들 일족의 생명력과 같은 것으로써, 혈마력의 정화라 할 수 있었다.

하위의 귀족들은 오직 피를 통해서만 회복되는 이 혈마령을 뽑아 써야만 일족을 탄생시킬 수 있다.

그러나 고위 귀족은 굳이 이 같은 혈마령이 아니더라도 피의 축복을 내릴 수 있었다.

물론, 한 번 축복을 내리고 난 뒤에는 일정시간의 휴식이 필요하지만, 혈마령을 사용하지 않은 만큼, 회복은 시간문제일 뿐이었고, 그 즉각 새로운 축복 역시도 가능했다.

뿐만 아니라 고위 귀족이 되는 순간, 인간의 피가 아닌 동물이나 몬스터들의 피를 통해서도 성장이 가능해진다.

하위 귀족들의 경우에는 짐승의 피를 통해서는 그저 소모된 혈마력을 채우는 정도만이 한계였지만, 고위 귀족은 혈마력이 아닌 혈마령을 채우고 또 늘릴 수 있게 되는 것이다.

때문에 그들 일족에게 고위 귀족의 존재는 특별하게 여겨질 수밖에 없었다.

이드라반은 온몸으로 그 특별함의 순간을 받아들였다.

파아아앗…

붉은 기류에 휩싸이며 한 계단, 그토록 바라던 경계 너머로 발을 올렸다.

그 때문일까?

'으음…'

참을 수 없는 흡혈의 욕구가 들끓는 걸 느꼈다. 이 부분에서 그는 무언가 잘 못 되었음을 깨달았다.

작위가 오르는 순간, 그들은 더 없이 완벽한 성취감 혹은 달성감 또는 쾌감을 느끼고는 했다.

변화의 시작과 중간에 몰아치던 파괴본능과 흡혈욕구는 거짓말처럼 사라지고, 절정에 이른 이 순간만큼은 더 없는 만족감과 함께 모든 욕망에서 자유로워지는 것이다.

누군가는 이를 '현자의 시간'이라고까지 표현할 만큼, 그들은 본능적인 욕구에서 해방되어 찰나의 자유를 얻는다.

헌데, 지금 이 감각은 너무나도 본능에 얽매여진 느낌이지 않은가.

단번에 일이 틀어졌음을 알 수 있었다.

'돌아가기에는 너무 늦었다!'

이미 흡수되기 시작한 망령의 돌은 멈추지 않고 그의 내부로 파고드는 중이었고, 성 아래 측의 상황 역시도 그로 하여금 멈출 수 없게 만들고 있었다.

멈춰서는 안 되는 상황인 것이다.

'ㅇㅇㅇㅇㅇㅇㅇ…'

"…아아아아아아!"

성벽 아래에서부터 거대한 힘이 개방되는 순간, 그 역시 흡수와 진화 그리고 변화의 벽을 뛰어넘었다.

콰르르르르릉…

거대한 천둥성이 귓전을 몰아쳤다.

그의 것일까?

아니면 발아래로부터 밀려오는 것일까?

알 수 없었다.

하지만 한 가지는 분명히 알 수 있었다.

'뛰어넘었다!'

원하고 바라던 백작의 영역 그 너머에 발을 들인 것이다.

이전 수장, 레이샬트 후작과 같은 눈높이였다.

"후우우우우우…."

길게 날숨을 내쉬는 그의 시선이 성 아래로 향했다. 평소대로라면 일족의 희생자들이 먼저 눈에 들어와야 하건만, 지금 이 순간은 그보다 먼저 눈에 담기는 게 있었다.

네 명의 인간.

'맛있겠군!'

들끓는 흡혈욕구가 그의 등을 떠밀었다.

❖ ✢ ❖

끝났다고 여긴 순간, 새로운 시작이 밀려드는 걸 알았다.

"피해!"

그 같은 외침과 함께 에던이 검 면을 전방으로 세웠다.

콰아아앙!

아찔한 충격파와 함께 그의 신형이 빙판을 타듯 쭈욱 밀려났다.

순식간에 7미르(m) 남짓 밀려난 그가 전방을 바라봤다.

시뻘건 안광을 번뜩이는 뱀파이어가 그가 서 있던 자리에 내려앉아, 그를 비롯한 일행들 전부를 하나하나 돌아보고 있는 게 보였다.

너무나도 익숙한 눈빛이었다.

'마치…'

먹이를 노리는 맹수 혹은 몬스터들의 광기가 그 안에 번뜩이고 있었다. 모를 수가 없는 흉광이었다.

밑바닥을 구르던 시절에 수차례 경험해봤던 안광이기에 모를 수가 없었다. 불쾌한 기분이 등허리를 타고 올라왔다.

그래서일까?

"물러나."

에던은 그 말과 함께 일행들을 더욱 뒤로 밀어냈다. 그 같은 행동은 상대측에서도 동일하게 일어났다.

"물러나라."

난입자, 이드라반은 그처럼 말하며 일족의 뱀파이어들을 뒤로 물렸다.

"수장!"

"오오… 로드이시여!"

하나같이 작위를 얻은 뱀파이어들이었기에, 그들은 단번에 이드라반의 변화를 깨달을 수 있었다.

고위 귀족, 그것도 무려 후작의 축복이 그에게 허락되었음을 알았다.

일제히 감동 감격의 물결에 취해가는 풍경 속에서, 이드라반이 이를 악 물며 재차 그들을 향해 물러가라는 손짓을 했다.

가까스로 이성을 부여잡고 있기는 하나, 몰아치는 파괴 본능은 그로 하여금 일족마저도 온전히 받아들이기 어렵게 만들고 있었다.

그저 광기에 취해 흡혈욕을 한껏 누리고 싶을 뿐이었다.

작위를 올렸으니 성공이나, 본능을 통제하기 어려우니 실패이기도 했다.

'이 욕구를… 본능을 풀어야 한다!'

다행이라고 해야 할까?

눈앞에 그 거대한 파괴본능을 해소할 수 있는 침입자가
서 있었다.

그것도 무려 넷이었고, 하나같이 별의 영역에 오른 뛰어
난 실력자들로써, 저들을 흡혈하기만 한다면, 불완전한 지
금의 이 상태를 완전하게 만들어주기에 충분할 터였다.

'어쩌면 저자 한 명으로도….'

전면, 에던을 바라보는 눈빛이 한층 뜨겁게 일렁거렸다.

스릉…

다가올 격전을 준비하는 것일까?

상대가 검을 바로세우는 모습이 보였다.

'음?'

헌데, 이상하게도 그 모습이 이드라반의 시선을 잡아끌
었다.

'검신이….'

잿빛으로 물든 검광이 묘한 여운을 남겼다.

뭔가가 떠오를 듯했지만, 이내 솟구치는 파괴본능과 뜨
거운 욕망의 불길이 그 모든 생각들을 날려 보냈다.

"우워어어어-!"

사나운 외침과 함께 이성이 숨어들고 본능이 일어났다.

뭉게뭉게 피어나는 붉은 안개와 땅바닥을 타고 스며드는
검은 그림자, 거기에 더해 하늘 높이 솟구쳐 오르는 검은
박쥐의 환영들이 그를 중심으로 펼쳐지기 시작했다.

세상이 검붉은 빛으로 물들어갔다.

'이거… 장난 아니네.'

에던은 긴장어린 얼굴이 되어 검을 억세게 움켜쥐었다.

일행들을 뒤로 물린 건 개인적인 불쾌감도 있었으나, 그보다는 눈앞의 존재가 생각 이상으로 위험한 상대라는 걸 직감한 이유가 더 컸다.

크라이드만을 통해서 별의 영역 그 너머로 발을 들이기 시작한 그와 마찬가지로, 눈앞의 상대 역시도 별빛 너머의 세상을 훔쳐보는 존재라는 걸 직감한 것이다.

짜릿한 긴장감이 전신을 가볍게 두드리고 지나갔다. 옅은 떨림을 온몸으로 내비치는 찰나, 박쥐의 울음성이 터져 나왔다.

끼…

동시에 머리가 어질어질 거리며 신형이 흔들렸다. 청각의 인지영역 그 너머에서부터 발현되는 울음소리가, 그의 귓전을 크게 두드리며 균형 및 감각기관에 타격을 준 것이다.

푸욱!

가까스로 검을 바닥에 꽂아 자세를 잡는 찰나, 안개와 그림자가 다가드는 게 보였다.

'젠장….'

선공을 놓친 여파가 생각보다 크게 밀려올 모양이었다.

앞서, 한 차례 경험을 했다고는 하나, 뱀파이어라는 종족과의 전투가 낯선 건 여전했다. 그 때문에 일단 지켜보자는 생각으로 기다린 것이건만, 아무래도 생각을 잘못한 모양이었다.

'실수했네… 끄응!'

이를 악 물며 자세를 잡으려는 찰나, 사자검이 그의 감각과 균형을 잡아채는가 싶더니 대뜸 신형을 바로 세웠다. 아직 그 여운이 남아있었지만, 당장에 무릎이 풀릴 정도의 충격은 사라진 상태였다.

'허….'

새삼, 사자검의 보조능력에 감탄이 나오려 했으나, 지금은 그보다 전장에 집중해야 할 순간이었다.

'온다!'

눈 깜짝할 사이에 발밑까지 다가온 그림자가 마치 뱀의 독니마냥 날카로운 이빨을 드러내며 발목을 휘감으려 들었다.

팍. 파팟…

어둔 밤의 풍경이 명확한 그림자의 경계선을 흐려놓고 있었으나, 마경을 연 덕분에 가까스로 아슬아슬한 거리감을 유지한 채 발을 빼낼 수 있었다.

하지만 거기에만 집중하기에는 상황이 좋지 않았다. 어느새 붉은 안개가 사방을 가로막듯 그의 주변을 에워쌓으며 퇴로를 막아버린 것이다.

결국, 전진을 해야 할 상황이 왔음에, 에던이 뒷걸음질을 멈추며 신형을 앞으로 기울였다. 하지만 이 와중에도 선뜻 검이 나가지는 않았다.

'대체, 어디를, 어떻게….'

베어야 할 정확한 목표를 잡아내지 못한 까닭이었다.

어찌 된 영문인지, 마경으로 보이는 궤적이 하나가 아닌 여럿으로 나뉘어 안개와 그림자 그리고 박쥐들의 사이로 뻗어있는 것이 아닌가.

당혹감으로 인해 검 끝에 주저함이 깃들고 있었다.

그 순간 사자검이 울음을 터트렸다.

우우우우우웅…

갑작스레 터진 강렬한 그 울부짖음에 다가들던 안개가 흔들리고 그림자가 주춤거렸으며, 밤하늘 별빛을 가리던 박쥐 떼가 사방으로 흩어졌다.

에던이 깜짝 놀란 얼굴로 사자검을 바라봤다. 그러다가 이내 실소를 흘려버렸다.

마치, 사자검이 그를 다그치는 것 같은 느낌을 받은 까닭이었다.

[쫄지 마!]

그렇게 외치는 것 같았다.

이해하기 어려운 궤적의 변화 속에서 당황한 나머지 두려움이 일며 손끝에 떨림이 담겨버린 모양이었다.

우우우웅…

여전히 그를 다그치는 사자검의 울음에 에던이 쓰게 웃으며 전방으로 크게 걸음을 내딛었다.

그와 동시에 주춤거리던 안개와 그림자들이 다시금 그를 향해 들이쳐 왔다.

'진짜가 뭔지 모르겠으면….'

전부 찔러보면 되는 것이다.

다가드는 안개를 향해 검을 뻗었다.

서걱…

무언가 걸리는 느낌이 있었다. 허나 안개는 멈추지 않았고, 그 붉은 기운을 온몸으로 받아들여야만 했다.

마치 벌떼가 들이치듯, 혹은 수십 수백의 바늘로 쑤시듯, 피부가 따갑게 통증을 호소했다.

그 아픔에 저도 모르게 들이킨 호흡을 따라, 뜨거운 열기가 내부 깊숙이 파고들며 폐부가 타들어가는 것 같은 고통이 일었다.

하지만 억세게 이를 악물며 흔들리는 검 끝을 바로잡은 뒤, 쉴 새 없이 다음 궤적을 그려냈다.

그 순간 그림자가 발목을 휘감으며 올라왔다. 뼈마디가 부러질 것 같은 압박감과 함께, 뇌전에 휘감긴 듯, 짜릿한 통증이 밀려들었다.

뿐만 아니었다.

극단의 대지를 걸으며 느껴왔던 그 시린 한기가 피부를 넘어 뼈마디를 타고 들어왔고, 이내 그 한편으로 불같은 열기가 침범해 들어오는 것 역시 느꼈다.

'혈마법!'

뱀파이어의 마법이 맞닿은 그림자를 타고 직접적으로 펼쳐지고 있음을 알았다.

"크으으읍!"

절로 신음성이 터져 나왔다. 고통을 받아넘기려 억세게 다문 이빨 사이로 잇몸이 짓뭉개지며 진득한 핏물이 흘러넘쳤다.

푸욱!

주저함 없이 그림자에 휩싸인 허벅지에 사자검을 쑤셔 박았다.

순간, 그곳에도 궤적이 존재하는 것을 봤다.

부부북…

옷이 혹은 피부가 어쩌면 근육들이 찢겨나가는 것 같은 소음과 함께, 에던의 허벅지부터 종아리까지 쭈욱 베어져 나갔다.

그와 동시에 기다려왔던 비명성이 터졌다.

"크아아악-!"

하체를 붙들고 있던 그림자가 걷혀나가는 게 보였다. 하지만 발끝의 자유를 얻은 건 아니었다.

사자검이 베고 지나간 다리가 제 역할을 못하며, 그대로 몸뚱이를 바닥으로 내던진 까닭이었다. 나름 자제한다고 했건만, 생각보다 검이 깊숙이 파고든 모양이었다.

하지만 그 와중에도 눈은 궤적을 쫓았고, 검은 목표를 놓치지 않았다.

"끄아아아아악-!"

한층 더 거대한 비명성이 터져 나오고, 전방의 어둠 속에서 모습을 감췄던 이드라반이 모습을 드러냈다.

"후우욱… 훅… 후욱…."

볼썽사납게 바닥을 굴렀던 에던이 검을 바닥에 꽂아 신형을 바로잡으며 매섭게 전방을 노려봤다.

그와 마찬가지로 이드라반 역시 흉광을 번뜩이며 에던을 마주보고 있었다.

둘의 시선이 허공중에 복잡하게 얽혀들었다.

'네 개….'

에던은 이드라반의 몸에 난 네 개의 혈선을 주목했다. 그가 그려낸 궤적 역시도 정확히 네 번이었다.

두 눈이 번쩍 뜨였다.

어지러이 뻗어있던 수많은 궤적들,

'그런 거였나.'

그것들이 전부 진짜였음을 깨달았다.

의문이 해결된 까닭일까?

꽈드드득…

검을 쥔 손에 힘이 더해졌다.

그 아귀힘에 만족이라도 하듯, 어느새 사자검의 울음 역시 멈춰있었다.

겨우 네 번의 칼질이었다.

하지만 이드라반은 그 네 번의 칼질 속에서 정신이 번쩍
드는 걸 느꼈다.

'이건…'

놀라운 경험이었다.

'…들끓던 파괴본능과 흡혈욕구가 억제되고 있어?'

흐릿하던 정신이 돌아오고, 이성이 다시금 의식의 수면
위로 부상하면서, 그는 주변 상황과 눈앞의 풍경들을 제대
로 인식할 수 있는 여유를 얻었다.

그 덕분일까?

전투에 돌입하기 전, 잠시 잠깐 눈에 담았던 그 광경과
의문을 다시금 되새길 수 있었다.

'잿빛 검신…'

저 검에 베이고 난 뒤 들끓던 본능의 열기가 일부 식었음
을 상기하자, 새삼 범상치 않아 보이는 느낌이 들었다.

실제 그의 감각도 저 잿빛의 검을 조심하라 경고하고 있
었다.

흐릿한 기억 속 무언가를 꾸역꾸역 헤집어, 기어이 그 정
체를 끌어올렸다.

'아…!'

동시에 그의 두 눈이 번쩍 뜨였다.

'설마, 그럴 리가…'

한 차례 고개를 젓다가 이내 입술을 짓씹으며 스스로의 몸 상태를 떠올렸다. 검이 보여줬던 능력이라고 생각한다면?

'그도 아니면… 저 사내의 능력이라면?'

떠올랐던 정체에 대한 확신이 더해지려했다. 하지만 선뜻 이를 납득하고 싶지는 않았다.

'확인해 보겠다!'

이를 악물며 억지로 이성을 밀어 넣었다. 지금은 일단 본능에 모든 걸 맡겨볼 생각이었다.

"우워어어어어-!"

성난 외침과 함께 그의 신형이 크게 부풀어 오르기 시작했다.

❖ ✛ ❖

레일라는 에던과 뱀파이어의 수장이 벌이는 전투를 차분히 지켜보는 한편, 그 안에 담긴 혈마법의 비밀을 하나하나 파헤치고 있었다.

'과연…'

저들 일족의 수장이 보여주는 혈마법은 그 수준이 높아 보였다.

다행스럽게도 앞서 다른 뱀파이어들의 혈마법을 겪은 덕분에, 조금이나마 비밀을 엿볼 기회를 얻을 수 있었다.

'…그런 거였나!'

일반적인 마법과 달리, 저들 뱀파이어의 혈족마법인 혈
마법은 피를 매개체로써 이뤄지는 만큼, 외적으로 그 발현
되는 마법이 아니었다.

내부에서부터 시작되고 끝을 맺는 게 혈마법의 특징이라
는 걸 알 수 있었다.

안개화를 비롯한 그림자와 박쥐의 변형 같은 건, 외적으
로 발현시키는 마법이 아닌, 내적으로, 말 그대로 육신의
내부에서부터 변화를 일으키는 마법이라 할 수 있었다.

수인족의 신체변형과 같은 종류의 것이었다.

뿐만 아니라 맞닿은 부분을 통해, 그 내적인 마법을 전이
할 수도 있음을 알았다.

그림자에 휩싸였던 에던이 번개와 얼음 그리고 불의 뜨
거움을 한꺼번에 느낀 게 그 같은 이유에서였다.

좀 더 정확히는 상대의 피를 움직여 그 같은 현상을 일으
키는 것이었는데, 어쩌면 육체의 변형 및 개조에 관해서는
저들 뱀파이어의 혈마법을 따를만한 마법이 없을지도 모른
다는 생각이 들었다.

갑작스런 대치상태 속에서, 돌연 저들의 수장이 육신의
변화를 일으키는 게 보였다.

마치 오우거마냥 그 덩치를 부풀리고 있었는데, 이 역시
도 혈마법의 일종이라는 걸 알 수 있었다.

'이번에는 또 뭘까?'

지켜보는 레일라의 두 눈이 별빛마냥 반짝이기 시작했
다.

❖ ✛ ❖

안개화를 비롯한 그림자나 박쥐로 변형하는 건, 뱀파이
어 일족을 대표하는 혈족마법 중 하나였다.

사방으로 흩어진 존재감으로 인해, 그 본체를 찾기가 힘
들어지면서, 상대하는 이들로 하여금 명확한 공격을 하기
어렵게 만들 뿐만 아니라, 안개나 그림자 혹은 박쥐에게 물
리는 상황을 통해 전이마법을 실행할 수도 있다는 커다란
장점까지 지니고 있었다.

하지만 여기에는 단점도 존재했으니, 신체를 안개 혹은
그림자 또는 박쥐와 같은 규모로 쪼개고 나누는 만큼, 상당
량의 혈마력을 필요로 한다는 점이었다.

단기결전을 생각하지 않는다면, 결코 시작부터 꺼내들
만한 마법이 아니었다.

이를 통해서 에던 일행을 상대하던 뱀파이어들의 각오가
어느 정도였는지 충분히 짐작할 수 있었다.

여하튼 이 같은 뱀파이어를 대표한다 할 법한 마법을
버리고, 갑자기 그 덩치를 부풀리는 이드라반의 모습은
지켜보던 뱀파이어들로 하여금 커다란 의문을 들게 만들
었다.

'왜?'

'어째서?'

하나같이 그런 생각들을 감추지 못했는데, 그나마 몇몇
장로들만이 이 같은 변화에 대해, 작게나마 짐작을 할 뿐이
었다.

그들은 앞서 에던의 검격에 비명을 지르며 생을 다했던
일족의 뱀파이어들을 떠올렸다.

뿐만 아니라, 조금 전 이드라반이 안개화를 비롯한 변형
마법을 풀고 난 뒤에 보여줬던 선명한 혈선들 역시 상기했
다.

'저 자는…'

'…안개화가 통하지 않는다!'

수십 수백조각으로 흩어져 흐릿해진 존재감을 정확히 짚
어낼 줄 안다면, 오히려 안개화와 같은 변형마법은 독으로
작용할 확률이 컸다.

혈마력의 소모와 더불어 베였을 때의 부담감도 큰 까닭
이었다.

'로드께서는 그 때문에 안개화를 거둔 것이다.'

오히려 육체적인 강화를 통해, 그들이 지닌 본능적인 파
괴력을 증가하려는 것임을 알 수 있었다.

때문에 장로들은 더욱 기대어린 눈빛으로 이드라반을 바
라보는 것이기도 했다.

'과연…'

후작 급의 강화마법이라면, 그 파괴력이 어느 정도일까?

암전의 도움으로 이미 신체적 강화가 이뤄진 상황이니만큼, 실질적인 파괴력은 공작 급에 닿아있다고 봐도 과언이아닐 터였다.

'그 순수한 파괴력이라면… 꿀꺽!'

상상만으로도 등골이 오싹해질 정도였다.

'이긴다!'

'이길 수 있다!'

패배는 도저히 상상이 되질 않았다.

❖ ✤ ❖

한 순간에 거대하게 부풀던 덩치는 마치 오우거를 연상시키는 크기가 되어서야 멈췄다.

그러나 오우거와 동급으로 생각해서는 안 된다는 걸 알았다.

등줄기를 타오르는 긴장감이나 손끝을 찌르르 울리는 전율에서, 저 거대한 덩치는 결코 만만한 상대가 아님을 알게만들어줬다.

'젠장, 하필이면….'

에덴은 변화가 끝나기 전에, 일찌감치 선공을 펼치고 싶었으나 그러기 어려움을 알았다. 직접 베어버린 다리가 말썽이었다.

'망할 것!'

사자검을 향한 원망이 일었다.

과연, 죽음을 먹는 검이라고 해야 할까? 사자검은 주저 없이 그의 다리를 죽이려 들었고, 덕분에 마기의 회복력으로도 제대로 된 치료가 되질 않고 있었다.

'조금만 더 깊었더라면…'

자칫 다리가 절단 나는 상황이 벌어졌을지도 몰랐다. 그나마도 꾸준한 마기의 순환으로 인해, 겨우겨우 두 발로 버티고 설 수는 있었지만, 먼저 선공을 치고 들어가는 건 무리였다.

차분히 저 변화가 끝나기를 기다렸다가, 들어오기를 기다려야 할 판국이었다.

'쳇!'

눈살을 찌푸리며 호흡을 골랐다. 어느덧 변화가 끝을 맺고 있는 모양인지, 이드라반이 흉흉한 안광으로 그를 응시하는 게 보였다.

'온다!'

자세를 갖추는 순간,

꽈르르릉…

벼락이 쳤다.

"크읍!"

아찔한 충격과 함께, 그의 신형이 요란하게 바닥을 뒹굴며 십여 미르(m) 이상을 튕겨나갔다.

'아슬아슬 했네.'

그저 단순한 몸통박치기였다.

하지만 그 속도는 인지의 영역 너머에 닿아 있었다. 실제로도 눈으로 확인하고 막은 게 아닌, 거의 본능적으로 나온 방어였다.

그나마도 제대로 흘리질 못한 까닭에, 그 힘의 대부분을 받아야만 했고, 덕분에 이처럼 볼품사납게 구른 것이었다.

"크르르르르르…"

저 앞으로 이드라반이 짐승과도 같은 울음성을 흘리며 그를 노려보는 게 보였다.

'짐승… 그 자체인가.'

이성이 아닌 본능으로 움직이고 있는 느낌이었다.

'그래. 짐승이란 말이지.'

에턴의 눈가에 이채가 감돌았다.

크라이드만과의 전투가 떠오른 까닭이었다.

치매로 인해 이성이 아닌 본능으로 움직이던 그와의 하루하루를 상기해 본다면, 눈앞의 짐승이 보여주는 발광은 그야말로 애교수준이었다.

"오야. 어디 재롱 좀 보자."

에턴의 그 말이 끝나기가 무섭게 이드라반의 신형이 어둠을 갈랐다.

꽈르르릉…

소리가 뒤를 따르는 것 같은 아찔한 속도감과 더불어 산이 짓누르는 수준의 압박감이 밀려들었다.

지난 1년 남짓의 경험을 통해 잘 알고 있었다.

'이럴 땐, 눈이 아니라….'

본능으로, 감각으로 봐야 한다.

맞았다. 아니, 막았다.

검 면으로 들이치는 주먹질을 받는 순간, 천둥성이 터져
나오고 흘려보내는 찰나, 폭풍이 터져 나왔다.

콰아아아아아…

옆으로 지나가는 그 사나운 바람결을 무시하며, 에던의
손이 바삐 움직였다.

강하게 발을 구르며 힘껏 몸을 튕겼다.

빠각!

아찔한 통증이 정수리를 타고 흘렀다. 박치기로 이드라
반의 턱 아래 부드러운 살 부분을 쳐올린 것이건만, 그 강
화된 육신으로 인해 쇳덩이를 박은 것 마냥, 현기증이 일며
정신을 흔들었다.

휘청거리는 이드라반의 거체를 확인하기도 전에 무릎을
뻗었다.

정확히 명치 어림이 그 앞에 놓여있었다.

뻐걱!

낮은 신음성이 귓가를 스쳐갔다.

이드라반의 것이리라.

'들어갔나?'

89

거기에 현혹되지 않았다. 그 너머로 본능을 자극하는 위협을 느낀 까닭이었다.

'쯧!'

감각을 쫓아 명치어림에 박힌 무릎을 한껏 펼치며, 이드라반의 복부어림을 차냈다. 쭈욱 밀려나는 신형 너머로 사납게 지나치는 발톱이 보였다.

이드라반의 손과 손톱이 그리는 궤적이었다. 한 반자, 아니 반박자만 늦었어도 저기에 짓뭉개졌을 것이 분명했다.

아슬아슬하게 발끝을 치고 지나가는 통증이 그 증거였다. 아주 살짝 걸린 것이다.

"크읍…."

스친 정도였건만, 그로 인해서 뒤로 빠지던 속도가 줄어들며, 허공중에 덧없는 체공시간이 생겨 버렸다.

'젠장!'

명치어림의 통증에 인상을 찡그리던 이드라반이 안광을 빛내며 그를 바라보는 게 눈에 들어왔다.

시선이 교차했다.

딱 좋은 거리에 목표물이 세워져 있는 만큼, 이 기회를 놓칠 리가 없었다.

'보고 피하면 늦는다.'

애초에 자세나 위치 자체가 피하기에는 좋질 않았다.

'막는다!'

이내 고개를 저었다.

'친다!'

짐승들의 싸움에서 중요한 건 기세다. 여기서 한 방 먹고 밀려난다면, 그 순간부터는 밟히는 일만 남을 터였다.

그렇다면 오히려 이를 드러내고 물어야 했다.

순간, 거대한 어둠이 전면을 가득 채워왔다. 제대로 보기도 전에 깨달았다.

너무나도 정직한 정권이 그를 향해 날아들고 있는 것이다.

가장 순수한 일격이지만, 그만큼 우직한 파괴력이 그 안에 가득 담겨 있음을 알았다.

각오를 잡고, 날을 세웠다.

콰득!

뼈마디가 으스러지는 것 같은 통증이 밀려들었다. 하지만 그의 입은 웃고 있었다.

"크아아아아악-!"

비명성은 오히려 이드라반이 터트렸다. 그도 그렇게 사자검이 그의 주먹에 정면으로 파고든 까닭이었다.

그 검신 전체가 모습을 감출 만큼 깊게 박혀있었다.

주저 없이 검을 놓고는 몸을 날렸다. 아니, 굴렀다는 표현이 더 정확했다. 몸 상태가 엉망인지라 제대로 서 있기도 힘들었다.

그저 바닥으로 추락하던 신체에 반동을 줘서 전면으로 떨어지고 또 구르게 만든 것뿐이었다.

사자검의 도움을 얻어 권격을 흘려보냈음에도 그 여운이 남아 전신을 두드렸다. 하지만 그 덕분에 바라던 것보다 더욱 깊숙이 몸을 떨칠 수 있었다.

머리 위로 검을 뽑으려 발광하는 이드라반의 모습이 보였다.

아슬아슬하니 그 발길질을 피하면서 바닥을 기었다. 시체사이를 헤엄치던 유영능력이 여기서 빛을 발했다.

힘을 모았다.

마기가 들끓었다.

몸 상태는 최악이었지만, 한 방 정도는 내던질 수 있었다. 마경을 열어 몸의 감각을 조절하며, 육신을 통제했다.

'검을 든 것처럼!'

사자검은 놓고 왔으나, 그 흐름은 기억하고 있었다.

'딱 한 번만 흉내를 내는 거다!'

부러진 다리로 땅을 딛고, 근육을 튕겨 몸을 세웠다. 여전히 통일되지 않은 다양한 궤적들이 눈에 들어왔다.

'궤적?'

어디를 노려야 할지 모르겠다.

'좆 까라 그래!'

때문에 그냥 아무렇게나 냅다 주먹을 쳐 올렸다.

빠웅…

시원한 타격성과 함께, 이드라반의 턱이 돌아가고, 고개가 넘어가더니, 이내 그 거구가 무너져 내렸다.

쿠우우웅…

❖ ✤ ❖

뱀파이어들의 오랜 역사 속에서 위기라 할 만한 순간은 여럿 있었다. 하지만 멸족을 떠올리게 할 정도의 사건은 단 한번 밖에 없을 터였다.

[용마전쟁!]

이곳 세상에 살아가는 존재들이면서, 저 마계의 왕에게 무릎을 꿇고 머리를 조아리며, 충실한 종복을 자처한 까닭이었다.

물론, 일족 전체가 마계의 일원으로써 행동한 건 아니었다. 어둠의 속성으로 인해 마의 유혹에 빠져든 이들도 많았지만, 그렇지 않은 뱀파이어들 역시 제법 존재했다.

안타까운 점이라면, 그 숫자가 많지 않다는 부분이었다.

그 때문일까?

전쟁이 끝난 이후, 인간들의 편에서 피를 흘렸던 뱀파이어들도 결국 마계에 속한 이들과 같은 취급을 받으며, 대륙 곳곳으로 흩어져야만 했다.

거기에는 마의 왕에게 무릎을 꿇었던 뱀파이어들도 상당수 포함되어 있었다.

어쩌면 이들을 살리고자 했기에, 남아있던 뱀파이어 전체에게 비난의 화살이 쏟아진 것일지도 몰랐다.

그나마도 목숨을 부지하고 일족의 명맥을 유지할 수 있었던 건, 함께 싸웠던 동료로써의 마지막 자비일거라 여겼다.

이 같은 역사를 알기 때문에 극단의 대지에 터를 잡으면서도 그들을 불평과 불만보다, 안도의 눈물을 먼저 흘렸다.

갈기갈기 찢겨져나간 일족이 다시금 모일 공간이 마련되었기 때문이었다.

오랜 시간 최대한 조용히 삶을 보냈다.

간혹 혈기를 이기지 못한 젊은 뱀파이어들이나, 폐쇄적 생활로 인해, 정신적 광기에 물든 이들이 바깥세상으로 나가 말썽을 일으키는 경우가 있기는 했다.

그럴 때면 일족의 정예들을 은밀히 움직여 처리한 뒤, 그 흔적을 말끔히 지우면서, 그들의 존재 자체를 철저히 세상에서 지워왔다.

일족의 수장으로써, 이드라반은 그 모든 고통의 역사를 잘 알고 있었다.

그런 이유로 잿빛 검신에 대한 전설도 모를 수가 없었다.

[사자검!]

용마전쟁의 최전방,

반신이라고도 불리는 마왕과 드래곤들의 전장에 유일하게 함께했던 이질적 존재!

'심판자….'

이드라반은 그 잿빛 검신에 베일 때마다 맑아지는 정신과

본능적 해방감을 맛보며, 그 전설이 인세에 강림했고 눈앞
에 나타났음을 깨달았다.

많은 갈등이 일었다.

이유라면야 여럿 존재했지만, 그 중 우선시 되는 건 아무
래도 상대의 정체였다.

[심연의 주인!]

과거, 용마대전 당시에 마의 왕에게 무릎을 꿇었던 일족
과 달리, 이곳 세상의 일원으로써 전쟁에 참여했던 이들도
있다는 언급을 했었는데, 사실 그들은 마왕의 존재를 반대
해서 전쟁에 참여한 게 아니었다.

[마신의 사자!]

그 존재가 주는 마력과 매력이 그들을 이곳 세상의 일원
으로써 피 흘리게 만든 것이다.

왜? 어째서?

마왕이라는 유혹을 뿌리치고 굳이 이곳 세상의 일원으로
써 남았던 건지, 항상 의문을 지니고 있었다.

하지만 오늘, 지금 이 순간, 그 강렬한 검의 마력을 온몸
으로 경험하고 나자, 과거 선조들이 왜 심연의 주인을 따랐
는지, 이해할 수밖에 없었다.

그 때문이 묻고 싶었다.

왜? 어째서?

그들 일족을 방치했는지, 내버려 뒀는지, 어째서 그들
이 이 시리도록 차가운 극단의 대지 한편에서 썩어가야만

하는지, 묻고 싶었다. 따지고 싶었다.

때문에 이성을 가라앉히고 본능에 모든 걸 맡긴 것이다.

그 결과,

'끄응… 제대로 망가졌군.'

다시금 눈을 떴을 때, 이드라반은 자신의 회복력이 엉망이라는 걸 깨달았다.

혈마력이 바삐 움직이며 회복력을 일으키고 있으나, 그보다 더한 파괴적 기운이 내부를 갉아먹으며, 치유 속도를 압도하고 있었다.

힘겹게 허리를 세우는 그의 곁으로 수많은 뱀파이어들이 내려섰다.

"괜찮으십니까. 로드!"

"이제부터는 저희가 맡겠습니다."

"회복에 집중하십시오!"

그들이 무어라 외쳐댔지만, 제대로 귀에 들어오는 건 하나도 없었다. 그의 시선은 오로지 저 전방에 검을 딛고 힘겹게 버티고 선 사내, 심연의 주인에게로 향해 있을 뿐이었다.

마지막 발광 중 뽑혀나간 검을 어느새 집어 든 채, 여전한 투지를 불태우고 있는 모습에, 절로 허탈한 웃음이 새나왔다.

'아직도 할 생각인가.'

내려다보고, 올려다보는 그들의 위치!

승부는 갈렸다.

더 이상 불필요한 피를 볼 이유가 없었다.

"…물러나라."

말 한마디를 맺기가 무섭게 쿨럭거리며 핏물이 게워져 나왔다. 턱뼈가 으스러졌기 때문일까?

혈마력으로 회복을 시켰음에도, 너무 짙게 남은 파괴의 기운으로 인해, 짧은 단어 하나에도 금세 턱뼈가 부서져 나갔다.

"이걸, 드십시오!"

"들이키십시오, 로드!"

장로들을 비롯한 여러 뱀파이어들이 팔을 갈라 그에게 피를 뿌렸다.

그 진득한 혈향 덕분일까?

넝마가 됐던 턱이 기워지고, 가까스로 말문을 열 수 있었다.

"그와… 대화를 나눌 것이니, 물러나라."

그러며 강렬한 눈빛을 내보이자, 결국 장로들을 비롯한 뱀파이어들이 일제히 뒤로 빠져야만 했다.

허나, 딱 한 걸음이었다.

언제든 튀어나갈 수 있는 여지를 남겨두듯, 그들은 이드라반의 바로 뒤에 바싹 붙어있었다.

그 모습에 쓰게 웃던 이드라반이 힘겹게 자리에서 일어났다. 내부가 제대로 망가진 듯, 휘청거리는 몸뚱이를 바로 잡기가 쉽지 않았으나, 잠시간 수하들이 뿜어냈던 핏물에 몸을 적시고 목을 축인 덕분일까?

겨우겨우 자리에 설 수 있었다.

그리고 한 걸음 한 걸음, 어렵게 또 힘겹게 걸음을 내딛어, 전방의 승자를 향해 다가갔다.

도착했다 여긴 순간, 힘이 다 해버린 것일까?

돌연, 이드라반의 신형이 그대로 고꾸라지듯 바닥에 떨어졌다.

"로드!"

뱀파이어들이 화들짝 놀라며 다가들었다. 하지만 이어진 이드라반의 손짓에 걸음을 멈춰야만 했다.

그가 접근을 거부하고 있음에, 결국 입술만 짓씹으며 자리를 지킬 수밖에 없었다.

수하들을 물린 이드라반이 잠시 호흡을 고르는가 싶더니, 기워놓듯 맞춘 턱뼈가 다시금 으스러질 것 같은 외침과 함께, 바닥 위로 격하게 머리를 찧었다.

"심연의 주인을 뵙습니다!"

헌데, 그 내용이 또 기이했다.

"무… 뭐?"

"로드… 그 무슨…?"

뱀파이어들이 이해할 수 없단 얼굴로 이드라반의 등을 바라봤다. 이는 장로들 역시 마찬가지였다.

물론, 전부가 그런 건 아니었다.

그 삶의 역사가 한 번의 천년을 넘긴 장로들은 일제히

눈을 부릅뜨며 경악한 얼굴이 되어 있었다.

용마대전, 심판자, 심연의 주인, 사자검!

무려 반만년도 더 이전의 역사며 기록이었다.

수장의 자리에 있는 이드라반 역시도 마주하고 겪고 그
러다 어렴풋이 떠올리고 상기한 내용이며 기억이었다.

대부분 그의 절반도 살지 못한 젊은 뱀파이어들이니 만
큼, 그 내용을 제대로 알고 있는 이들도 드물었고, 그나마
도 너무도 오랜 과거의 역사인 까닭에, 이를 깊이 담아두는
이들도 드물었다.

그나마 옛 과거의 잔재와 일부나마 닿아있던 존재, 레이
샬트 후작과 제법 지내봤던 몇몇 장로들만이 이를 기억하
고 떠올릴 수 있었다.

이런 장로들 및 뱀파이어들의 반응을 뒤로한 채, 이드라
반은 오로지 에던을 향해 그 눈과 귀, 신경을 집중시키고
있을 뿐이었다.

순간, 서늘한 예기가 목가에 닿았음을 느꼈다.

'으음…'

어느새 사자검이 그의 목 바로 옆에서 날을 세우고 있었
다. 그 섬뜩한 죽음의 기운에 취하려는 찰나, 나직한 음성
과 함께 질문이 날아들었다.

"나를 아나?"

사자검으로 향하던 신경이 다시금 그 주인에게로 돌아갔
다.

"저 높으신 마신께서 직접 선택하신 사자이시며, 가장 깊은 심연을 지키시는 분이십니다!"

왠지, 심판자라는 단어가 아닌 심연이란 단어만이 언급되는 것 같다는 생각에, 에던이 재차 물음을 던졌다.

"나를 심연의 주인이라 부르는 이유가 뭐지?"

"어둠에 거하는 모든 이들의 주인이시기 때문입니다."

지켜보고 있던 뱀파이어들도 슬슬 뭔가가 이상하게 돌아가고 있음을 깨달은 듯, 점차적으로 에던을 바라보는 눈빛이 변하기 시작했다.

결정타는 이어진 내용에 있었다.

"저희 일족 역시도 어둠에 뿌리를 내리고 살아가는 주민으로써, 한때나마 심연의 주인께 거두어져 따르던 시절이 있었습니다."

순간, 에던의 두 눈이 얇아졌다. 레-그라자에서는 그런 이야기를 들은 기억이 없던 까닭이었다.

"저희 일족은 용마대전 당시, 마의 왕을 따르는 이들과 심연의 주인이신 심판자님을 따르는 이들로 나뉘었습니다."

그리고 이어진 일족의 비사가 또 놀라웠다.

"으음…."

때문에 검을 쥔 손끝에 주저함이 들 수밖에 없었다.

사자검은 당장 죽음을 바라며 울음성을 토해내고 있었으나, 에던의 손은 거기서 더 나아가지 않은 채, 그저 목 언저리만 맴돌 뿐이었다.

'따지고 싶었다라….'

뭐라 답해줘야 할까?

에던은 일순 말문이 막혀버렸다.

그가 행한 일이 아님에도 불구하고, 이 검을 들었고 심판자로써 마경과 마기의 선택을 받았기 때문에, 그 책임을 피할 수 없음을 알았다.

물론, 그가 원해서 여기까지 이른 건 아니었으나, 그는 이미 이를 받아들이기로 결정했기에, 이드라반의 원한과 원망을 외면하기가 어려운 것이다.

'아오… 쌌으면 제대로 치워야 할 것 아냐!'

전대의 심판자였던 스텐에게 원망의 화살이 향했다.

안타까운 건, 어찌하여 뒤처리가 허술했는지를 잘 안다는 점이었다.

[죽음!]

용마대전에서 이전의 심판자 역시 그 생의 마지막을 불살랐음을 아는 까닭이었다.

전쟁 당시, 스텐은 전장의 외곽에서부터 마족을 베어가며 중심으로 향했다. 그러며 무수히 많은 죽음을 모았고, 전장의 중심부에 다다랐을 때, 그 거대한 힘을 해방하여 마왕에게 한 방 제대로 먹일 수 있었다.

하지만 너무도 큰 힘이었던 까닭일까? 그는 스스로를 제물로 던질 수밖에 없었다.

크라이드만은 이를 숭고한 희생이라고 표현했었다.

사자검의 능력을 모르던 당시에는 어찌 그럴 수 있겠냐고 의문을 제기했지만, 직접 경험한 지금은 부정할 수가 없음을 알았다.

'확실히… 생명을 담보로 잡는다면.'

상상하기 어려운, 아득한 수준의 파괴력을 선보일 수도 있을 것 같았다.

'지금 중요한 건 이게 아니지.'

에던은 고개를 휘휘 저으며 샛길로 빠져드는 생각을 다 잡았다.

"그래서 하려는 말이 뭐야?"

이야기의 끝에서 짧게 물었다. 그 순간 이드라반의 머리가 다시금 땅바닥을 거세게 두드렸다.

쿠웅…

"저희 일족을 심연의 주민으로 받아주십시오!"

상황은 그렇게 또 한 번 반전을 맞이하고 있었다.

❖ ❖ ❖

브락셀은 수정구 안의 영상을 바라보며 상황이 이상하게 돌아가고 있음을 깨달았다.

'이거… 아무래도 흐름이 좋질 않은데.'

습관마냥 골머리가 아파왔다.

'더 이상 사신과는 마주하고 싶지 않건만⋯.'

어째서 사사건건 그들의 사건에 투입되어야 한단 말인가.

'왠지 느낌이 좋지 않더라니.'

불길한 예감이 들어맞은 것일까?

수정구에 비친 뱀파이어들의 거처, 트리트피카 성내의 모습은 그야말로 최악이었다.

저들의 수장인 이드라반이 머리를 숙이는 모습에서는 두 눈을 질끈 감아야만 했다. 불길한 예감의 그 정체를 드러내던 순간이었다.

'으음⋯ 음성까지 들렸다면 더 좋을 텐데.'

안타깝게도 뱀파이어들의 거처에 심어놓은 '관찰자의 눈'은 몇 개 되질 않았다.

저들과의 거래로 인해 방문할 때마다 조금씩 설치하던 것인데, 그나마도 대부분이 뱀파이어의 감각에 걸려 해체되었고, 남아있는 건 저처럼 성문 인근이나 커다란 시설 주변에 몇 개 정도 뿐이었다.

덕분에 먼 거리에서 성내의 상황을 무리 없이 주시할 수 있었지만, 그 같은 안전함이 오히려 독으로 작용하여, 적절한 투입 시기를 놓쳐버린 느낌이었다.

'이거, 야단났군.'

브락셀은 새삼 자신의 신세가 제대로 꼬였음을 깨달았다.

슬쩍 옆으로 시선이 향했다.

얼핏 40대 초반 정도쯤 되어 보이는 사내가 곁에서 수정
구를 응시하고 있었는데, 저 사내가 영상을 함께 보고 있다
는 게 현 상황의 결정적인 문젯거리라고 할 수 있었다.

겉으로는 그가 암전의 정예들을 이끌고 있는 것처럼 보
이지만, 실제로는 저 사내가 이번 원정의 책임자였다.

암전의 뿌리라고 할 수 있는 곳에서 나온 실력자로써, 그
정체를 감추고자 그의 부관으로 여정을 함께하고 있었다.

싸늘하게 식어버린 사내의 눈빛에 뒷목이 뻐근해져 오는
걸 느꼈다.

그와 마찬가지로 사내 역시도 수정구의 영상을 통해 상
황을 파악하고 있음을 알았다.

음성지원이 없는 그저 영상만으로 그려지는 흐름이었지
만, 전체적인 상황이나 분위기 그리고 구도가 가리키는 방
향이 선뜻 예상됐다.

[뱀파이어의 배신!]

짐작되는 흐름이 하필 그 방향으로 뻗어있는 것이다.

'최악이다!'

다른 세력의 배신과 달리, 망자의 연구에 실질적 도움이
된 뱀파이어들이기에, 그들 암전의 뿌리도 일부 엿볼 수 있
었다.

말인 즉,

"위험하군요."

사내의 서늘한 음성에 브락셀의 안색이 창백해졌다. 암전의 뿌리가 위협받을 수 있단 결론에, 브락셀은 상황이 생각 이상으로 꼬였다는 걸 인정할 수밖에 없었다.

'으음…'

신음성이 절로 새나왔다.

'…이게, 뭔 고생인지.'

어느덧 70을 코앞에 둔 나이건만, 여전히 현역이라는 점이 왠지 모르게 서글퍼졌다.

'사신, 운트…'

이 모든 시작점에 그가 있다는 점과 여전히 그로 인해 비틀리고 있는 현실에, 저도 모르게 눈시울이 붉어지고 있었다.

"당장 전투를 준비시켜라."

사내의 음성에 그 미래도 여전히 꼬여들고 있음을 알았고, 결국 눈물 한 방물이 넘쳐버렸다.

3. 칠성좌.

3. 칠성좌.

대륙은 그 긴 역사만큼이나 많은 왕국이 세워지고 또 사라져왔다.

한 때 제국이라 불리던 거대한 국가들도 그 세월의 흐름에 묻히는 걸 거부할 수는 없었다.

영원한 건 없고 불멸이란 존재하지 않는다.

늙지 않고 죽지 않는다던 뱀파이어도 결국 세월을 받아들이고, 신적인 존재라는 드래곤들 역시도 어느 순간을 기점으로 세상에서 자취를 감췄다.

세월이란 그런 것이다.

"하지만 이런 흐름을 거부한 나라들이 있었죠."

이드라반의 이야기는 실로 흥미진진했다. 암전의 역사와

관련된 내용이니 만큼, 귀가 기울고 신경이 쏠리는 건 어찌 보면 당연한 반응일 터였다.

"각자가 '제국'이라고 불려도 이상하지 않을 정도의 힘과 권세를 쌓은 나라들이었습니다."

고대로부터 절대적인 힘을 지니고 있는 나라들은 주변국들의 꾸준한 견제를 받기 마련이었다.

겉으로는 굽실거리며 그들을 떠받들어 줄지 모르나, 그 속으로 들어가 보면, 하나의 거대 세력에 날을 세우며 주변국들이 손을 잡은 채, 거대한 덩치를 거꾸러트리기 위해 대항을 하는 것이다.

"암전의 뿌리라 할 수 있는 그들도 이런 수순을 밟기 시작한 왕국들이었죠."

문제는 이뿐만이 아니었다.

고인 물은 썩기 마련이라고 해야 할까?

어딘가의 격언처럼, 그들은 정점에서 오랜 시간을 지내왔기 때문인지, 점차적으로 그들 내부에서부터 썩어 들어가고 있었다.

주변국에서 벌인 꾸준한 공작이었을지, 아니면 격언 그대로 흐르지 못해 썩은 것인지는 모른다.

"중요한 건, 그들이 외부적인 문제뿐만이 아니라, 내부적인 골칫거리도 앓고 있다는 점이었죠."

착실하게 망국의 징조를 내비치며, 세월이라는 무덤 속으로 발길을 시작한 것이다.

이 같은 역사의 흐름을 거부하고자, 그들은 '선택'을 하기에 이른다.

"스스로를 낮추고 힘을 감추고 세력을 죽이며 영역을 거둬들인 겁니다."

정점에서 내려온 것이다.

어쩌면 극단적이라 할 수도 있는 선택일지 모르겠으나, 그 이름 자체가 지워지는 것에 비한다면, 나쁘지 않은 결정이라고 할 수 있었다.

그리고 이 같은 흐름을 단기간이 아닌 꾸준한 세월에 걸쳐 이어나가면서, 나름의 '역사'라 할 만한 구도를 완성시켰다.

"그 누구도 의심할 수 없는, 자연스런 '세월의 흐름'으로 꾸며졌죠."

망국의 위협을 소국의 위장으로 거둔 것이다.

"그렇다면 그들이 지니고 있던 기존 권세들은 어디로 사라졌을까요?"

이야기에 취한 듯, 슬쩍 던져오는 이드라반의 물음에, 어느새 청중이 되어버린 에던과 일행들이 그 역할을 착실히 수행했다.

"이면… 인가요?"

셰릴의 의문성에 이드라반이 짧게 박수를 쳤다.

"정확합니다."

오랜 세월에 걸쳐 그들이 지니고 있던 영광들은 수면 아

111

래로 잠식되어갔다.

"아주 은밀히, 장기간에 걸쳐서 그들 세력이 세상으로 뻗어나갔죠."

한두 해 정도가 아니다.

"예상하기는 최소한 50년 이상의 세월에 걸쳐서 이뤄진 작업이라고 추측하고 있습니다."

앞서 언급했던 '세월의 흐름' 이었다.

"하나의 시대와 끝을 맺고 새로운 시대가 지나갈 시점까지, 꾸준히 계획되고 이뤄진 것이죠."

물론, 시간의 흐름이 있는 만큼, 그 세력이 온전히 빠져나갈 수는 없었다. 꾸준히 소모가 되었고, 실질적인 힘의 크기나 규모 역시도 상당부분 줄어들고 또 위축되어갔다.

"이를 회복하기 위한 세월도 만만치 않게 들어갔을 것으로 예상하고 있습니다."

엘프들이 마른가지를 통해 바깥세상의 정보를 수집하듯, 뱀파이어 역시도 그들 나름대로 대륙의 상황을 파악하는데 전력을 아끼지 않았다.

하지만 그 같은 정보력에도 이상한 부분은 걸린 게 없었다.

"그건… 우리도 마찬가지군요."

셰릴도 동의한다는 듯, 고개를 끄덕이는 부분에서, 새삼 저들의 은밀함에 대해 감탄할 수밖에 없었다.

현재 뿐만 아니라 과거에도, 수세기동안 레드문은 최고

의 정보단체로써 세상의 이면을 살아왔다.

그 같은 레드문의 정보에도 이 같은 이상점이 찍혀있지 않다는 건, 실로 놀랍고도 또 경이로운 부분이었다.

'두 자릿수 이상…'

정보단체의 수장으로써, 셰릴은 저들의 작업기간이 이드라반의 추측보다 더욱 길고 지루했을 것이라고 여겼다.

그들의 눈과 귀 마저 속였을 정도라면, 충분히 그만한 시간은 필요할거란 결론을 내린 것이다.

"역사가 긴 왕국들입니까?"

이야기의 흐름 속에서 떠오르는 부분이 있음에, 셰릴은 주저 없이 의문점을 꺼내 물었다.

그녀의 물음에 이드라반이 고개를 끄덕이며 답했다.

"적어도 500년 이상의 역사를 자랑하고 있을 거라 생각합니다."

이드라반은 저들 변화의 시작점이 그 즈음일 것으로 여기고 있었다. 그의 설명에 셰릴의 머릿속으로 몇몇 왕국의 이름들이 떠올랐다.

'맙소사!'

새삼 저들에 대해 놀랄 수밖에 없었다.

레드문의 정보력을 통해 암전의 본격적인 등장시기를 유추해 보건데, 그들의 역사는 채 200년이 되질 않았다.

대개 한 단체가 나름의 명성을 날리기 위해 필요한 시간은 결코 짧지 않았다.

운이 좋아야 한 세대지, 대개는 두 세대 이상을 거치는 경우가 많았다. 하지만 그들은 갑작스럽게 모습을 드러냈고, 마치 들불이 번지는 것 같은 속도로 순식간에 이면의 세상 가득 그들의 불길을 일으켰다.

정신을 차리고 돌아 봤을 땐, 이미 세상 곳곳이 그들의 들판이었고, 수많은 왕국들이 그들이 지핀 뜨거운 불길에 활활 타오르고 있었다.

과거, 레드문에서는 이 같은 부분들을 통해, 그들이 모종의 세력으로써, 이미 오랜 준비기간을 거치고 있다가, 한 순간에 축제를 벌이듯 동시다발적으로 그 정체를 드러냈을 거란 추측성 결론을 내렸었다.

'설마, 우리가 예상했던 것 이상일 줄이야.'

때문에 이드라반이 내어주는 정보가 놀랍고, 또 달갑게 여겨질 수밖에 없었다.

그가 아니었더라면, 저들의 뿌리에 대해 조사하는 시간만 해도 만만치가 않았을 것이고, 그나마도 제대로 된 방향인지도 확신하기 어려웠을 거란 예감이 든 까닭이었다.

자칫, 저들과의 전쟁에서 레드문의 역사와 세력에 큰 흠집이 났을지도 몰랐다.

이 같은 부분을 상기하자, 새삼 목 언저리가 서늘해지는 기분이었다. 정보의 부재를 느끼는 순간 갈증이 일었다.

그 때문일까?

더더욱 이드라반의 이야기에 귀가 기울어졌다.

"혹시, 칠성좌라고 아십니까?"

이드라반이 일행들을 돌아보며 그리 물었다. 일제히 고개를 끄덕이는 모습들이 보였다.

당연하다면 당연한 반응이었다.

[칠성좌!]

대륙에서 가장 오랜 역사를 자랑하는 왕국들의 수도인 일곱 개의 '성'과 그곳의 가장 높은 자리, 즉 일곱 왕궁의 왕을 뜻하는 단어였다.

"설마…."

짐작되는 바가 있던지, 에딘이 눈살을 찌푸리는가 싶더니, 어렵사리 입을 열었다.

"…그들이 암전의 뿌리라는 겁니까?"

주구장창 언급하고 주장해왔던 긴 세월이라는 부분과 칠성좌의 역사가 그 위로 겹쳐지며 든 의문이었다.

이드라반이 고개를 끄덕였다.

"그들 전부일지 아니면 일부일지는 모릅니다. 하지만 제가 알고 있는 저들의 뿌리에 칠성좌가 존재한다는 건, 상당히 중요한 부분이겠지요."

일행의 표정이 동시에 굳어졌다. 그가 지금껏 들려줬던 이야기에 너무도 잘 들어맞는 까닭이었다.

'확실히….'

칠성좌를 담고 있는 일곱 왕국들은 대륙에서 손에 꼽히는 긴 역사를 자랑하고 있었다.

게다가 한때나마 대륙 패권을 두고 다퉈도 이상하지 않을 만큼 강대했던 시기도 존재했다.

또한, 이드라반의 이야기처럼 위기를 겪고 하나같이 그 규모가 크게 축소된 왕국들이라는 점도 틀림없었다.

"그저 제 추측일 뿐이라고 생각하셔도 상관없습니다. 하지만… 제가 아는 한, 칠성좌에 포함된 왕국 중 두 군데는 확실히 저들의 뿌리라는 점이요."

일행들이 그에 대해 묻는 눈빛으로 이드라반을 응시했다.

"하나는 티브릭샨 왕국입니다."

서쪽 대륙에서 가장 긴 역사를 자랑하는 왕국이었다.

"연구를 위해 제가 직접 움직이던 무렵에, 짧게 그곳의 거친 적이 있었죠."

그 때 저들 뿌리의 대표자들 중 한명을 만날 수 있었고, 확신할 수 있었다.

"티브릭샨의 수호검이더군요."

"정숙의 기사?"

깜짝 놀란 듯, 두락이 목소리를 높였다. 그도 그렇게 암전이라는 단어와는 가장 안 어울리는 존재가 바로 티브릭샨의 수호검인 까닭이었다.

"그는…"

정의와 가장 가까이 있는 존재로써, 서대륙의 자랑 중 한명이었다.

별의 영역에 들지 않았음에도, 초월자들과 어깨를 나란히 하는 명성의 소유자가 바로 정숙의 기사였다.

"맙소사!"

경악성을 터트리는 드락의 곁으로 다른 일행들 역시 적잖게 놀란 얼굴로 이드라반을 바라보고 있었다.

그가 움직였다는 것만으로도 티브릭샨 왕국이 연루되어 있음을 확신할 수 있었다.

티브릭샨 수호검이며, 동시에 국왕을 지키는 검이기도 한 까닭이었다. 말인 즉, 그가 국왕의 명으로 움직였다는 의미였다.

"확실하다는 다른 칠성좌는 어디죠?"

일행들 중 가장 빠르게 표정을 수습한 레일라가 이드라반을 향해 물어왔다.

"아무래도 극단의 대지로 들어서기 위해서는 필히 지나야 할 왕국들 중 한곳이죠."

칠성좌에 속해있으면서 극단의 대지를 인접하고 있다?

하나뿐이었다.

"세톤 왕국이군요."

일행들이 거쳐 온, 남대륙의 가장 끄트머리에 위치한 왕국이었다.

이드라반은 고개를 끄덕이며 수하들을 바라봤다. 안절부절 못하는 얼굴로 그를 살피고 있는 뱀파이어들의 모습이 보였다.

당연한 반응이었다.

비록 전투가 끝나고, 한 차례 더 피를 적셔줬다고는 하나, 여전히 회복은 더뎠고, 몸 상태는 최악이었다.

휴식이 절실한 상황이건만, 그 와중에 손님을 접대한다며 자리를 마련했으니, 수하들의 반응도 좋지 못할 수밖에 없었다.

한 차례 쓰게 웃던 이드라반이 그들을 향해 손짓했다. 따로 저들에게 지시를 내려놓은 게 있었고, 이야기가 절정에 달한 지금, 그것을 확인고자 하는 것이다.

기다렸다는 듯 그의 호위들 중 한명이 달려왔다. 그리고는 호두알 크기의 자그마한 구슬 몇 개를 건넸다.

이를 본 레일라의 눈이 빛났다.

"관찰자의 눈이군요."

"역시, 마도를 이루신 분이군요. 단번에 알아보실 줄이야."

"조금… 독특해 보이는데, 혈마법과 관련된 건가요?"

"아닙니다. 이건 암전에서 심어놓은 걸로, 오히려 혈마법과 상극이 되는 체계를 갖추고 있습니다."

이미 그들 일족은 암전에서 심어놓은 감시마법에 대해 알고 있었다.

혈마법에 들키지 않고자, 전체적인 체계 자체에 변형을 준 높은 수준의 감시마법이었으나, 이미 저들의 행동을 짐작하고 있던 이드라반이 직접 움직임으로써, 그 대부분이 회수될 수밖에 없었다.

전부 회수하지 않고 일부를 남겨놓은 건, 의도적으로 그들에게 공간을 허락하여, 거래자이자 동맹 세력으로써의 입장을 분명히 하기 위함이었다.

물론, 찾아내지 못한 관찰자의 눈에 대해서는 모르고 있다는 것처럼 행동하며, 저들에게 속아주는 형태를 취하기도 했다.

그렇게 함으로써 찾아낸 관찰자의 눈을 핑계로, 암전에게서 좋은 조건이나 재료들을 뜯어낼 수 있기 때문이었다.

호위가 가져온 건, 그간 의도적으로 남겨두었던 관찰자의 눈을 전부 회수한 것으로써, 지금 이 순간을 기점으로 거래 및 동맹의 관계가 깨어졌다는 걸, 저들 암전에게 알리는 의미이기도 했다.

"아마도 저들은 이걸 통해서, 이곳의 상황을 전부 지켜봤을 겁니다."

약속되었던 지원이 도착하지 않음에, 충분히 짐작할 수 있는 부분이었다. 또한 이를 통해서 알아낼 수 있는 게 하나 더 있었다.

"세톤 왕국을 조심하셔야 할 겁니다."

갑작스런 이야기였으나, 허투루 들을 수는 없었다.

"제 이야기를 들어서 아시겠지만, 저는 암전이라는 세력에 대해 아주 잘 알고 있습니다."

무려 저들의 뿌리에까지 닿아있을 정도인 만큼, 암전에 게는 위협적으로 인식되기에 충분할 것이다.

그리고 이 같은 이드라반과 뱀파이어에 대한 인식 변화 는 에던 일행에 대한 위험도를 한층 높이게 만들 터였다.

세톤 왕국과 극단의 대지가 맞닿는 국경지대!

"저들은 그곳에서 여러분을 기다리고 있을 겁니다."

이곳으로 오기로 약조되었던 지원병력 역시 그곳에서 기 다리고 있을 게 분명했다.

❖ ❖ ❖

그야말로 진땀을 빼는 순간이었다고나 할까?

"당장 전투를 준비시켜라."

브락셸은 그 같은 외침과 동시에 뱀파이어의 거처 트리 트피카로 쳐들어가겠다는 사내를 가까스로 말리며, 어렵사 리 왔던 길을 되돌아가야만 했다.

극단의 대지라는 장소를 헤쳐 나가는 일이니 만큼, 육체 적인 괴로움도 만만치가 않았건만, 여정 내내 불쾌감을 드 러내는 사내의 모습으로 인해, 정신적 고충까지 겹쳐지며 더욱 힘겨운 여정이 될 수밖에 없었다.

맘 같아서는 그 역시 트리트피카로 쳐들어가고 싶었지 만, 안타깝게도 상황이 이를 허락하지 않았다.

'그 상황에 거길 쳐들어가는 건, 미친 짓이지!'

애초에 그들이 이곳 극단의 대지에 발을 들인 이유가 무엇이던가. 뱀파이어와 연계하여 사신을 처단하는 것이 그들에게 부여된 임무였다.

여기서 중요한 건 '연계'라는 부분이었다.

'설마, 뱀파이어가 등을 돌릴 줄이야.'

시작도 하기 전에 임무가 깨져버렸다. 뱀파이어마저 상대해야 할지 모르는 상황에, 트리트피카로 쳐들어간다?

'뒈질려면 뭔 짓을 못하겠어.'

때문에 발길을 돌려 세톤 왕국으로 향했다.

'결국, 밖으로 나오려며 이곳을 거쳐야 할 테니까.'

기다렸다가 잡기로 계획을 바꾼 것이다. 뱀파이어들의 배신에 대한 응징은 그 다음이었다.

당장의 전력으로는 감당할 수 없기에, 세톤 왕국에 심어진 세력과 힘을 합치려는 것이다.

대륙 금지의 한 장소인 극단의 대지를 지나가고자, 그야말로 소수의 정예들만을 이끌고 움직였다.

마법적인 보호를 통해 저 시린 대지를 건너 트리트피카까지 도착할 수 있었다고는 하나, 그 여정이 쉬웠던 건 아니었다.

여러모로 만전의 상태라고 하기 어려웠던 만큼, 후퇴는 당연한 결정이었다.

물론, 극단의 대지와 연결된 왕국이 세톤 밖에 없는 건 아니었으나, 가장 경계령이 넓고 깊은 건 세톤 왕국밖에 없었다.

'세톤 왕국에서 잡는 게 가장 확실하지.'

이곳에서 행동해야 할 결정적인 이유도 있었다.

암전의 뿌리!

세톤 왕국이 바로 그들 세력의 중심축들 중 하나인 까닭이었다.

'호랑이굴… 아니지, 드래곤 레어나 다를 게 없지!'

저들을 잡는다고 확신하는 이유가 바로 거기에 있었다.

브락셀은 이 같은 부분을 복귀하는 여정 내내 사내에게 설명했고, 사내도 결국 그의 뜻을 따라서 세톤 왕국을 격전의 장소로 잡기로 결정내린 것이다.

사내가 그의 뜻을 따르기로 했다는 부분이 또 중요했다.

암전의 뿌리라고 할 수 있는 곳에서 나온 만큼, 사내가 지닌 권한은 생각보다 컸다.

특히, 사내의 활동영역이 세톤 왕국이라는 점을 상기한다면, 이곳에 숨겨져 있는 비밀전력들을 끌어다 쓸 수 있을 확률이 높을 터였다.

그리고 그 같은 예상이 들어맞은 듯, 세톤 왕국 최남단의 국경지대 바깥으로, 상상도 못할 전력들이 모여들고 있었다.

'설마… 이 정도일 줄이야.'

암전에 대해, 그 뿌리에 대해서, 제법 알고 있다 자부했건만, 모여드는 전력들을 보고 있노라면, 그가 아는 건 그저 빙산의 일각이었다는 걸 깨달아야만 했다.

'아무리 사신이라고 해도, 이번만큼은 피할 수 없다!'

무려 네 명의 초월자가 상대였지만, 모여든 전력을 돌아보고 있노라면, 결코 부족함이 느껴지지 않았다.

오히려 과하다는 생각마저 들 정도였다.

'할 수 있다!'

잡을 수 있단 믿음이 등줄기를 타고 올라왔다.

하지만,

뒷목 어림에 걸리는 이 싸한 감각은 무엇일까?

'설마…'

쓸데없는 걱정이라며, 고개를 휘휘 저어 털어낼 뿐이었다.

❖ ❖ ❖

이드라반을 받아들이기로 결심한 건, 그간의 여정 중 가장 값어치 있는 행동이라 할 수 있었다.

[칠성좌!]

레드문과 루딘 용병단의 연합으로도 닿을 수 없던 정보였던 만큼, 더욱 그 정보의 값어치가 남다르게 여겨질 수밖에 없었다.

게다가 이드라반이 알고 있는 건 이것뿐만이 아니었다.

"암전이라는 단체의 뿌리가 칠성좌라 추측하고 있지만, 그들이 암전의 전부라고 생각하시면 안 됩니다."

그의 생각으로는 암전의 뿌리는 사실 칠성좌보다 더욱 많았을 거라 판단했다.

뱀파이어라는 특성상, 그는 칠성좌들의 전성기에도 그 나름의 삶을 보내왔고, 당시 시대에 대한 정보도 상당부분 지니고 있었다.

때문에 모를 수가 없었다.

"칠성좌와 비슷하게 그 세력을 키우고 있던 왕국들이 적어도 세 개는 더 있었습니다."

조금 부족한 수준까지 확장한다면, 그 수는 순식간에 배로 늘어날 정도였다. 그들 역시도 갑작스럽게 규모를 줄였고, 이를 통해 비슷한 과정을 거쳤을 거라 짐작할 수 있었다.

"단지, 살아남은 게 그들 일곱 왕국일 뿐이지요."

규모를 축소하는 와중에, 칠성좌를 비롯한 암전의 기존 뿌리들은 주변국들의 공격을 받았고, 꾸준히 영역이 줄어들었다.

너무나도 자연스런 흐름이었다. 어쩌면 그들 스스로 그리 되도록 분위기를 꾸몄을 거라 여겼다.

뿐만 아니라 그 기회를 통해 내부의 썩은 물을 걸러냈을 확률도 높았다. 그렇게 착실히 규모 축소와 내부청소를 이어가며, 암전의 토대를 다진 것이다.

그러는 와중에 살아남은 왕국이 저들 일곱, 칠성좌였던 것뿐이었다.

"살아남지 못한 왕국들은… 스스로 오판을 했거나, 그들도 감당하기 어려운 사태가 발생했을 확률이 높다고 생각합니다."

안타깝게도 그 시대를 살아왔지만, 뱀파이어들이 지닌 정보력의 한계가 이 부분에서 드러날 수밖에 없었다.

때문에 대부분의 이야기가 추측을 동반하고 있었다.

그리고 이 같은 상상력을 통해, 반대되는 경우도 존재한다는 가정을 내어놓았다.

"살아남지 못해 사라진 왕국들의 공백에, 새로운 세력들을 채워 넣었을 겁니다."

중앙대륙에서 에던을 공격했던 일천 정예들이 바로 그 같은 새로운 세력들의 일부일 거란 결론이었다.

레일라와 셰릴이 아니었더라면, 자칫 목숨이 위험했을지도 모를 그 전투는 이드라반 역시 잘 알고 있었다.

세상에 크게 알려진 사건인 만큼, 이드라반도 모를 수가 없었다.

뱀파이어들의 정보를 통해 들은 것도 있지만, 암전과의 대화로 얻어낸 정보도 적지 않았다.

애초에 망자라 불리는 실험체를 탄생시키기 위해, 그 표본이 될 존재도 함께 언급된 적이 있는 까닭에, 에던을 위협했던 결정적 요소가 무엇이었는지 모를 수가 없었다.

"그들은 팬텀이라 불리는 존재입니다."

이드라반이 알고 있는 암전의 정보는 실로 다양하고 또 수준도 높았다. 추측이 항상 끼어있기는 했으나, 그럼에도 불구하고 그 질적인 면에서 남다른 값어치를 느끼게 만들었다.

가뭄에 단비 수준까지는 아니겠지만, 갈증을 해결시켜 주기에는 충분할 만큼 달가운 정보들이 넘쳐흘렀다.

"물론, 가장 큰 전력은 실질적인 뿌리인 칠성좌에 몰려 있을 거라고 생각합니다."

준비해온 기간이 기간인 만큼, 저들이 지니고 있을 패가 얼마나 다양하고 또 어느 정도로 위협적일지, 거기까지는 이드라반도 확신할 수가 없었다.

"세톤 왕국을 지날 때, 조심하셔야 할 겁니다."

이드라반은 그처럼 경고를 거듭했다.

마음 같아서는 그 역시 에던 일행과 합류해서 함께 다니고 싶기도 했으나, 안타깝게도 인간과 뱀파이어는 생활패턴에서부터 극명한 차이가 나는 만큼, 함께 행동한다는 게 쉽질 않았다.

게다가 그는 일족의 수장으로써, 현 상황을 정리해야 할 책임이 있었다.

이곳 트리트피카 주변에 펼쳐놓은 특수종 가디언들을 대부분 소모하면서, 일족의 방어력은 극악한 수준까지 떨어져 있었다.

거기에 더해 에던 일행과의 마찰로 인해, 귀족들의 희생역시도 적지 않았다.

이 모든 사태를 수습해야 할 책임이 그에게는 있었다. 특히, 일족의 희생을 뒤로한 채, 에던에게 머리를 숙였던 만큼, 한동안 일족 내에서 그가 치러야 할 고생은 결코 만만한 게 아닐 터였다.

에던 일행도 이 부분에 대해서는 애써 대답을 회피하며 대화를 줄일 수밖에 없었다.

"걱정하지 마십시오."

그리 말하며 이드라반은 미소를 지어보였다.

일족의 희생은 안타깝지만, 이번 사태를 통해 그는 일족의 미래를 얻었다.

망령의 돌에서 발생하던 부작용인 본능적 광기가 에던과의 격돌을 통해 사라진 것이다.

사자검이 지닌 죽음을 삼키는 능력이 망령의 돌에 담긴 부정한 기운들을 베어내고 걷어내며, 그의 광기들을 상당 부분 잠재웠고, 덕분에 이드라반은 온전한 후작의 작위를 이어받을 수 있었다.

"망령의 돌이라는 건… 말씀드리기 죄송하지만, 인간들을 실험체로써 만들어진 돌입니다."

그 안에는 수많은 생명들이 잔혹할 만큼 압축되어 있다고 했다. 거기에 사용된 마법이 뱀파이어의 혈마법이라며, 이 부분에서 이드라반은 여러 차례 고개를 숙여보였다.

전투 중, 에던이 발견했던 무수히 많은 궤적은 그 생명의 흔적들이었다.

아직 그 모든 흔적들이 사라진 건 아니었다. 하지만 이드라반이 느끼기에는 충분히 통제할 수 있는 수준이었고, 시간의 흐름에 따라 온전히 지워낼 수 있다는 결론이었다.

그리고 이 같은 고위 귀족의 작위를 온전히 이었다는 건, 이제 일족의 새 일원을 문제없이 탄생시킬 수 있다는 결론으로 귀결되는 것이기도 했다.

이 부분에서 에던이 한 차례 눈살을 찌푸리기도 했는데, 새로운 일원이라는 건 결국 인간의 희생이 필요하다는 걸 아는 까닭이었다.

헌데, 이 시점에서 나온 이야기도 또 놀라웠다.

"백작의 작위를 얻고 고위 귀족이 된다는 건 특별합니다. 하지만 거기서 한 단계 더 올라간 후작급의 귀족이 되면 더욱 특별한 미래가 저희 일족에게 허락됩니다."

그건 생명의 태동이었다.

"앞으로 저희 일족은 아이를 낳을 수 있게 되는 것이죠."

쉽지 않은 일이다. 일반적으로 새 일원을 받아들이는 것보다 배 이상 어려운 작업이었다.

당연하게도 기존의 방법보다 일원을 늘리는 게 어렵고, 회복 역시도 쉽지 않을 터였다. 하지만 이를 통해서 새 생명을 잉태하게 만들 수 있다는 점이 중요했다.

그들의 차가운 혈관 속에 뜨거운 감정이 깃드는 걸 주도할 수 있게 된 것이다.

"물론, 그만큼 많은 피를 필요로 하겠지만, 심연의 주인께서 허락하시지 않는 한, 인간들의 피를 삼키는 일은 없을 겁니다."

극단의 대지 곳곳에 널려있는 특수종의 피면 충분히 갈증을 해결할 수 있을 터였다.

이런 저런 놀라운 이야기들 속에서, 일행들은 본격적으로 휴식을 취하기 시작했다.

일행의 실질적인 리더라 할 수 있는 에던의 회복은 중요한 문제였다.

특히, 극단의 대지 바깥에서 기다리고 있을 암전의 정예들을 생각한다면, 몸 상태를 최상으로 끌어올리기 전에는 움직이지 않는 게 좋았다.

그리고 이 같은 시간은 일행들에게 나름 유익하게 사용되었다.

레일라의 경우에는 혈마법과 관련한 조언을 들었는데, 이 부분에 대해서는 이드라반이 직접 움직여서 가르침을 주었다.

"설마, 인간의 몸으로 저희 일족의 혈족마법을 받아들일 줄이야. 허… 놀랍군요!"

망자들과는 달랐다.

그들은 혈족마법이 실험의 '일부'로써 자리한다. 나무로 비유하면 잔가지 정도였다. 그와 달리 레일라의 경우에는 그 혈족마법의 씨앗 자체를 내부에 심은 것이다.

하지만 종족의 특성을 완벽히 넘기는 어려웠던지, 발아한 건 극히 일부분뿐이었고, 그 때문에 레일라가 배우고자 하는 공부는 더더욱 어려울 수밖에 없었다.

때문에 이드라반이 직접 움직인 것이다.

물론, 그 같은 이유 외에도 일족의 혈족마법이 퍼진다는 부분에 대해, 장로회에서 민감히 반응할 수 있는 까닭에, 의도적으로 그가 가르침을 자청할 수밖에 없기도 했다.

일족의 미래가 걸린 거래라는 목적 아래, 어쩔 수 없이 암전과 손을 잡았던 것과는 그 성향이 전혀 다른 까닭이었다.

레일라가 혈마법에 관심을 기울인다면, 셰릴의 경우에는 직업 정신에 투철하게 뱀파이어의 '정보'에 호기심을 보였다.

그 중에서도 암전과 연관된 정보들을 주로 수집하는데, 대부분의 정보가 이드라반이 직접 수집한 것들이니 만큼, 그녀 역시도 직접 상대해야만 했다.

왠지, 모르게 억울함이 드는 건 어쩔 수가 없었다.

"제대로 벗겨먹는 구려… 허헛!"

그야말로 탈탈 털리는 기분이라고나 할까?

4. 마왕.

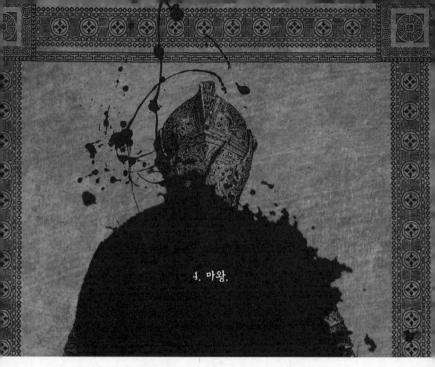

4. 마왕.

바리센 트리이벤!

그는 스스로가 특별하다는 걸 잘 알았다. 암전이라는 세
력의 뿌리를 움직이는 중추로써, 그 거대한 이면세상을 좌
우할 수 있는 능력이 존재하기 때문이었다.

하지만 그 같은 현실 이전에, 이미 그는 스스로의 특별함
을 깨닫고 있었다.

왕의 혈통!

무려 저 세톤 왕국의 국왕이 그의 부친으로써, 왕가의 일
원이라는 것이 태생적 특별함을 인지하게 만들어 주었다.

단지, 그의 존재 자체가 외부에 알려지지 않은 까닭에, 그
특별함이 일부 빛을 바래기는 했으나, 그 대신 이면세상의

절대자에 가까운 지위를 얻었으니, 크게 불만은 없었다.

때문에 이번 사건에 대한 분노가 컸다.

'감히!'

그에게는 전부라 할 수 있는 세상을 크게 위협할 수 있는 상황인 까닭이었다.

'더러운 흡혈귀 놈들!'

냉정하게 이야기 했을 때, 암전에서 그들을 믿고 있던 건 아니었다. 하지만 오랜 거래를 통해 서로가 제법 깊은 부분까지 드러내 보였음을 인정하는 만큼, 일정 영역 밖으로 넘어가는 건 피할 거라 여겼다.

하지만 그 같은 예상이 틀려버렸다.

'감히… 네놈들 따위가 배신을 해?'

분노가 치밀어 올라, 그대로 쳐들어가자며 열을 냈다. 다행스럽게도 함께하던 요원의 조언을 통해, 가까스로 화를 다스릴 수 있었다. 사실, 그의 욕심과 달리 당시의 상황은 전진이 아닌 후퇴가 맞았기 때문이었다.

허나, 이상하게도 그 요원이 곱게 보이지가 않았다.

'브락셀 티모르….'

그의 말이 맞단 걸 알면서도 화를 자제할 수 없는 건, 아마도 여러 가지 이유가 있을 것이다.

앞서 언급되었듯, 저들에 대한 분노가 그 불씨를 지핀 건 확실하지만, 이 정도까지 주체를 하기 어려운 건 이상한 일이었다.

옳은 말에도 가슴 속 열기가 진정되지 않는 건, 결국 하나의 이유만을 떠올리게 만들었다.

'결국, 망령의 돌 때문인가.'

최근 흡수했던 돌의 기운이 생각보다 강렬해서, 이를 통제하는 게 생각보다 쉽지가 않았다.

'이전에는 없던 일인데….'

그는 어릴 적부터 꾸준히 망령의 돌을 흡수하기 위한 신체적 변화를 거쳐 왔다.

망령의 돌과 관련된 기운을 이번에만 흡수했던 건 아니었다. 망령의 돌이라는 건, 과거에도 비슷한 종류의 것들이 존재했고, 꾸준히 실험과 발전을 거듭하며 지금에 이른 것이다.

단지, 과거에 그가 흡수했던 종류가 티끌만 하던 것이라면, 지금은 주먹만 한 수준으로 커졌다는 차이가 있었다.

스스로가 실험체가 되고 있음을 알지만, 이를 거부할 수가 없는 게 어쩔 수 없는 현실이었다.

왕의 혈통!

하지만 거기에는 약간의 함정이 있었다.

[서자!]

반쪽짜리 혈통이라는 게, 그가 왕가의 일원으로써 알려지지 않은 이유였으며, 그런 까닭에 정통성을 주장하기 어려운 것이기도 했다. 그에게 왕실의 가호가 허락되지 않는 이유도 여기에 있었다.

그 같은 절반의 절망을 뒤집기 위해서라도, 그는 스스로를 시험대에 올릴 수밖에 없었다.

실험이라는 이름에 걸맞게, 지금까지 그 나름의 문젯거리가 존재하기는 했다.

그래도 수많은 연구를 거듭하여, 가장 안정적이라 할 만한 것들만이 그의 시험대에 함께 올라왔기에, 항시 최악은 면할 수 있었다.

이번 역시도 그와 같은 과정을 거친 결과물이었다.

[망령의 돌!]

사실, 그 명칭이나 형태가 결정된 건 최근에 들어서였다. 이전까지는 망령의 돌이 되기 위한, 혹은 되지 못한 것들이 올라왔을 뿐이었고, 명칭 역시도 조금씩 달랐었다.

망자탈혼의 실험이 성과를 내고, 이 연구내용을 기반으로 온전치 못했던 형태를 완성한 게 바로 망령의 돌이었다.

실험에 들기 전, 경고가 없진 않았다. 이전까지와는 그 힘의 크기가 다른 수준인지라, 위험수위도 급수가 다르다고 듣기는 했다.

'안정화를 거친 게 이 정도라니…'

지금도 여전히 들끓고 있는 내부의 열기가 끊임없는 파괴본능을 자극하고 있음을 알았다.

이 같은 본능적인 광기를 통제할 수 있는 건, 어릴 적부터 익혀온 연공법의 도움이 컸다.

'역시… 이럴 때를 대비한 거였나.'

뜨거운 열기 한편으로 약동하는 차가운 한기가 느껴졌
다. 저 극단의 대지에 뿌리로 두고 있다는 연공법의 하나로
써, 세톤 왕국이 보유한 공부들 중에서도 수위에 꼽히는 연
공법이었다.

어느 정도는 그 목적에 대해 알고 있었지만, 막상 상황이
닥치고 그에 대해 실감을 하자, 새삼 스스로의 위치를 자각
하게 되고야 말았다.

환청마냥 귓전을 스쳐가는 단어가 있었다.

[반푼이.]

"…으득!"

이를 악물고 입술을 짓씹으면서도 폭발하지는 않았다.
이 같은 감정의 격분 역시도 결국에는 망령의 돌로 인한 부
작용이라는 걸 아는 까닭이었다.

연공법으로 인해 전에는 느끼지 못했던 감정의 열기인지
라 당혹스런 마음도 있었지만, 그간 쌓아온 연공의 공부가
얕지 않음에, 어찌어찌 버텨낼 수 있었다.

'하지만… 너무 길어지면 좋지 않을 거야!'

그의 시선이 저 앞으로 상황을 분석중인 사내, 브락셀에
게로 향했다.

한 번 불이 붙어버린 열기는 도통 식을 줄을 몰랐다.

분명 그는 옳은 소리만 했으나, 차오르는 분노와 광기가
발산하기 위한 목표가 필요하기에, 어쩔 수 없는 지명이었
다.

부르르르…

이 같은 열기를 느꼈음일까?

돌연, 브락셀이 격하게 몸서리를 치는가 싶더니, 슬그머니 바리센의 시야 바깥으로 걸음을 옮겨갔다.

❖ ❖ ❖

"뱀파이어의 배신이라."

처음 소식을 들었을 때, 드디어 올 것이 왔구나 하는 생각이 들었다.

물론, 그렇다고 해서 당황하지 않은 건 아니었다. 예상했던 것보다 이른 감이 있었던 까닭이었다.

"…아쉽군."

솔직한 심정이었다.

게다가 저들 뱀파이어들에게는 아직 얻어낼 게 남아있기도 했다.

저들에 대한 관리를 전담하다시피 한 까닭인지, 더더욱 지금 이 상황이 마음에 들지 않았다.

사실, 평소라면 바리센의 요청을 이 정도까지 수용해주진 않았을 것이다. 하지만 저들의 배신이 가져올 후폭풍을 알기에, 숨겨놨던 전력들을 아낌없이 꺼내들 수밖에 없었다.

사신을 잡아야 한다는 이유도 컸다. 망자를 제대로 활용하기 위해서라도, 그 대적자로 분류되는 사신의 존재는 필히 지워야만 했다.

뿐만 아니라 이번 뱀파이어의 배신에도 그가 엮여있음이 알려지면서, 암전의 다른 뿌리에서도 사신의 제거를 1순위에 놓기로 결정을 마친 상황이었다.

망자에 대한 결과물이 점차적으로 드러나고, 각국의 수뇌부가 이에 대해서 관심을 기울이기 시작하는 시점인 만큼, 더더욱 사신의 존재가 거슬릴 수밖에 없었다.

전력을 드러내자는 바리셴의 요청은 이 같은 복잡한 절차 끝에 이뤄진 결과물이었다.

"그나저나…."

옆으로 빼놨던 바리셴에 대한 보고서가 눈살을 찌푸리게 만들었다.

"역시 부작용이 큰 모양이군."

여러모로 신경이 쓰이는 건 어쩔 수가 없었다.

"반쪽이라도 어쨌든 내 핏줄이라는 건가. 쯧!"

세톤 왕국의 정점이자 암전의 뿌리를 지키는 일곱 기둥 중 한 좌를 맡고 있는 존재.

스티이드 트리이벤 국왕!

그는 바리셴과 관련된 보고서를 읽어나가며, 연신 혀를 차면서 한 줄기 혈연을 향한 감정의 편린을 드러냈다.

동시에 호기심도 함께 표출하고 있었다.

"어느 정도이려나…."

망령의 돌을 통해서 어디까지 성장했을지, 궁금증이 이는 건 어쩔 수가 없었다.

기존 실험의 핵심이라 할 수 있는 망자들도 결국 아직은 '과정'의 일부분일 뿐이었다.

망령의 돌은 과정보다 결과에 가까운 것이니 만큼, 바리센의 부작용보다 그 너머에 숨겨져 있을 파괴력에 대한 호기심이 클 수밖에 없었다.

"…기대되는군."

그러다가도 잠시 잠깐씩 드러나는 불편함은, 여전히 남아있는 혈연의 잔재 때문이리라.

❖ ✣ ❖

한 달 남짓.

뱀파이어들의 거처 트리트피카에서 보낸 시간도 어느덧 그 정도의 시간이 흘러가고 있었다.

회복이라는 목적에만 충실 한다면, 사실 보름여 정도의 시간이 지났을 때 출발했어도 문제될 건 없었다.

이미 그 즈음에 일행의 몸 상태는 만전이나 다름없던 까닭이었다.

부상이 심각했던 에던의 경우에도, 사자검에 베였던 상처의 치유기간이 유독 오래 걸린 것이지, 다른 부분들의 부상 및 회복은 그 이전이 이미 끝마친 상태였다.

사실, 그의 부상도를 생각해 본다면, 그 정도의 시간 만에 회복된다는 게 말도 안 되는 일이기는 했다.

지켜보던 뱀파이어들도 종족에 대한 의심을 가졌을 정도로 특별한 회복력이었다.

마경!

그리고 마기!

두 특별한 능력과 힘이 아니었더라면, 그만한 치유력은 보이기가 어려웠을 터였다.

어찌 되었던 결국 보름여의 시간이 지났을 즈음에는 에던 역시도 만전의 상태를 갖출 수 있었다.

하지만 그럼에도 불구하고 한 달여의 시간이 걸린 건, 레일라와 셰릴의 개인적인 호기심 때문이었다.

혈마법과 정보!

각자가 지닌 관심의 대상을 두고, 만족할만한 수준이 될 때까지 이드라반을 들볶아댄 것이다.

"아직 좀 더 배워야 할 게 남아있는데."

"조사해야 할 정보가 아직 가득하다고."

두 여인의 마음 같아서는 한 달 정도는 더 머물고 싶었지만, 일정이 너무 늦어지면 안 된단 결론아래, 결국 움직이기로 결정을 내릴 수밖에 없었다.

덕분에 한 숨 돌린 건 이드라반이었다.

"허헛… 벌써 돌아가신다니요. 이거 참, 아쉽게 됐습니다."

그처럼 인사말을 남기지만, 표정만큼은 전에 없이 후련해 보였다.

"재차 말씀드리지만, 세톤 왕국을 조심하셔야 할 겁니다."

꾸준한 경고 역시도 잊지 않았다.

저 밖에서 기다리고 있는 위협을 수시로 상기시킴으로써, 에던 일행으로 하여금 적절한 긴장감을 불어넣어 주고자 함이었다.

이별의 인사는 길지 않았다.

"이 추위도 오랜만이네."

셰릴은 그 말과 함께 모피를 한껏 뒤집어썼다. 이드라반이 준비해 준 것으로써, 이곳 극단의 대지에서만 볼 수 있는 특수종의 모피였다.

과연, 이곳에서 구한 까닭인지, 그 방한능력은 탁월하다 못해 특별했다. 거기에 마도의 영역에 이른 레일라의 마법까지 더해지는 순간, 극단의 대지가 내비치는 감당불가의 한기가 버틸만한 수준까지 떨어질 수 있었다.

세톤 왕국에서 기다리고 있을 암전의 정예들을 생각하며, 일행은 의도적으로 여정의 속도를 조절했다.

레일라 덕분에 몰아치는 한파가 버틸만한 수준까지 떨어졌다고는 하나, 그래도 이곳은 극단의 대지였다.

지속적으로 체력이 깎여나가는 건 어쩔 수가 없는 것이다. 때문에 이를 막기 위하여 일정을 최대한 여유 있게 잡고 움직였다.

특히, 일행의 열기를 담당해 주는 레일라의 몸 상태를 중심으로 움직이다 보니, 더욱 여정은 길어질 수밖에 없었다.

어쩌면 그녀를 제외한 일행 전부가 육체파이다 보니, 더욱 길어지게 느껴지는 것일지도 몰랐다.

재미있는 건 위협의 수준이었다.

"올 때하고는 전혀 다르군. 그때는 짐승 놈들 때문에 제대로 잠 한숨 자기도 어려웠었는데."

드락의 이야기처럼 이곳에 들어오던 당시와 달리, 몬스터들의 습격이 전혀 없었다.

뱀파이어가 움직이는 가디언의 습격이 아니더라도, 이정도까지 몬스터의 출몰이 없다는 건, 많은 생각을 하게 만들었다.

"아무래도 우리가 이곳 생태계를 제대로 망쳐놓은 모양인데."

셰릴의 이야기에 일행은 일제히 고개를 끄덕였다.

가디언이 아니더라도 일행들이 마주했던 몬스터의 수는 결코 가볍게 여길만한 수준이 아니었다.

오히려 그 반대라고 할 수 있었다.

가디언들이 함께 움직이던 같은 종의 몬스터들도 함께 움직이며 습격을 해왔던 까닭에, 일반 특수종들 역시도 상당한 피해를 입은 것이다.

"이래서야 트리트피카도 위험할 수 있겠군."

드락의 지적처럼 가디언도 없고, 특수종의 습격도 없다면, 극단의 대지가 지닌 방어력은 바닥에 떨어진 것과 다르지 않았다.

이곳 자체적인 한파도 만만치가 않았으나, 암전에서 노리고자 한다면 충분히 소수 정예로 목적한 바를 이룰 수 있을 거라 여겼다.

그 같은 우려를 에딘은 간단하게 넘겨버렸다.

"한눈 팔 여유 없을 걸."

그리 말하는 그의 감각 저 너머로, 기이한 흐름이 잡혀들었다. 저들에게서 전해지는 기질을 통해 충분히 그 정체를 짐작할 수 있었다.

이드라반이 경고했던 암전의 정예였다.

눈에 보이지도 않는 거리인 만큼, 저쪽에서는 아직 그들을 발견하지는 못한 것 같아 보였다.

"아주 박살을 내 줄 테니까!"

에딘은 그 말과 함께 전방을 향해 걸음을 내딛었다. 일행이 그 뒤를 따르려는 찰나, 에딘이 손을 뻗어 그들을 막았다.

마치, 혼자서 해결하겠다는 듯, 그렇게 에딘은 홀로 걸음을 옮겨갔다. 그리고 시야에 목표물이 잡혀들 즈음 검을 뽑았다.

스릉…

그와 동시에 발산되는 사자검의 강렬한 존재감이 전방을

향해 뻗어나갔다.

쿠르르르르르…

전해진 것일까?

저 멀리서부터 강렬한 적대감이 밀려들기 시작했다.

다양한 영지전의 경험 덕분인지, 그 규모를 한 눈에 잡아
냈다.

얼추 삼천 남짓?

욕지거리가 절로 나오는 숫자였다.

"더럽게도 많네."

고개를 절레절레 흔드는 그의 발밑으로, 신명나는 대지
의 울림소리가 전해져왔다. 그를 발견한 암전의 정예들이,
기다렸다는 듯 달려오고 있는 게 보였다.

문득, 떠오르는 옛 존재가 있었다.

"…인세의 마왕이라."

한 번쯤 그 전설에 도전해보고 싶단 생각이 들었다.

❖ ❖ ❖

암전!

그 이름으로 한 세력에서 모인 병력이라고는 하나, 그들
이 하나의 무리로써 움직이는 건 아닌 만큼, 각자의 진지를
갖추게 하고, 각 전력에 따른 배치를 하고 난 뒤에야 작게
나마 휴식이란 걸 취할 수 있었다.

145

하지만 브락셀 만큼은 그 같은 달콤한 휴식시간을 온전히 만끽할 수는 없었다.

쉴 새 없이 눈치를 보내오는 바리센의 존재 때문이었다.

'왜 이렇게 안 나오는 거야?'

기다리는 이들이 도착하지 않은 채, 시간만 흘러가는 까닭에 여러모로 뒷목이 서늘해질 수밖에 없었다.

'이래서 사신과는 엮이면 안 되는 건데. 끄응….'

광기에 지배된 듯 보이는 바리센의 모습에 몸서리를 치는 나날이 계속되는 와중에, 대뜸 기다리던 소식이 날아들었다.

오싹…

갑작스럽게 등줄기를 타고 오르는 아찔한 감각에 정신이 번쩍 들었다.

'…이건?'

막사를 나와 밖으로 향했다.

저 멀리 극단의 대지에서부터 밀려오는 시린 한기가 피부를 스쳐 갔지만, 그 같은 감각을 느낄 틈이 없었다.

그보다도 더욱 시린 예기가 피부 위를 베어오는 까닭이었다.

쿠르르르르르…

마치 사나운 맹수의 울부짖음 마냥, 저 멀리서 몰아치는 기류가 심상치가 않았다.

어렴풋이 보이는 시야로 희미하게 잡혀드는 그림자가 있었다.

'…사신!'

두 눈을 부릅떴다.

'피해도 모자란 판국에.'

직접 찾아왔다?

게다가 저처럼 당당히 정면으로 걸어오는 모습이라니.

'으음…'

느낌이 좋지 않았다.

'왠지…'

모든 걸 알면서도 다가오는 느낌이었다.

틈틈이 뒷목을 간질이던 불길한 예감이 다시금 목 뒤를 두드렸다.

어찌 반응해야 옳을까?

고민하는 찰나,

"왔구나!"

대뜸 그 같은 외침과 함께 바리센이 광기어린 눈빛을 발산하는 게 보였다.

먼 곳을 향하던 시선이 그에게로 넘어온 순간, 당장의 고민은 중요하지 않게 되었다.

'젠장!'

애초에 새롭게 투입된 전력의 지휘권은 그에게 허락된 게 아니었다. 그저 기존의 병력과 마찰이 발생하지 않도록 중재하는 것, 딱 거기까지가 그의 역할이었다.

사실 암전이라는 이름으로 움직인다고는 하나, 저들 대부분이 이곳 '세톤 왕국'의 전력이라고 해도 과언이 아니었다.

암전의 뿌리라는 명목으로 움직이고 있지만, 암전의 뿌리들은 각자 지니고 있는 전력을 개별적인 것으로써 분류하고 있는 게 현실이었다.

실제로 이 같은 상황이 아니었더라면, 브락셀은 저들 뿌리의 비밀스런 전력들에 대해 그저 상상만하고 있었을 터였다.

'오랜 세월 쌓아온 암전의 역사 그 자체라는 거지!'

드러난 전력들을 보고 있노라면, 오로지 그 외에는 설명이 되질 않았다.

이번 망자탈혼의 실험처럼, 암전은 그 은밀한 역사만큼 드러나지 않을 수많은 연구들을 거듭해왔을 것이고, 망자와 같은 나름의 결과물들도 지니고 있을 터였다.

저들은 그 같은 역사의 일부분이었고, 그런 만큼 자신감 역시 남다를 수밖에 없을 거라 여겼다.

"돌격!"

바리센의 저 격렬한 외침과 자신감 역시 거기에 기반을 두고 있을 거란 판단이었다.

물론, 두 눈 가득 번뜩이는 흉광이 결정적이라는 건, 더 말할 필요도 없어 보이기는 했다.

'이건… 좋지 않은데.'

사신과 함께하는 다른 일행들이 보이지 않는다는 점에서
이미 의문과 함께 불길함을 느끼는 중이었다. 헌데, 저처럼
생각 없이 뛰어나가다니.

아무리 그들 전력이 압도적이라지만, 이는 너무 경솔한
행동이었다. 가까스로 억눌러왔던 부작용이 폭발하고 있음
을 알기에 그저 한숨만 나올 뿐이었다.

'하아…'

가볍게 고개를 저은 브락셀이 저들의 뒤를 따랐다. 기존
병력의 지휘만큼은 확실히 해야 하는 까닭이었다.

'…착각이겠지.'

목뒤를 스치는 예감을 외면하며, 그렇게 달려 나갔다.

❖ ✢ ❖

레브알렌 리젝턴!

그는 극단의 대지와 세톤 왕국 경계선을 지키는 국경수
비대의 대장으로써, 무려 백작의 작위를 지닌, 세톤 왕국의
실력파 기사이자 지휘자 중 한명이었다.

몬스터들을 상대로 세워진 방벽이니 만큼, 어지간한 이
유가 아니라면 그 병력적인 구성이나 배치에 변화가 생기
는 일이 없는 게 그들의 일상이었다.

하지만 갑작스런 상부의 지시에 따라, 그 같은 일상을

변화시켜 그들이 관할하고 있는 수비 영역의 일부를 비워 놓아야만 했다.

그래도 20년 가까이 이곳을 지켜온 까닭일까?

비록 왕실의 정점에서 내려온 명령이라 할지라도, 그는 상황에 대한 최소한의 통제는 필요하단 결론을 내리고 있었다.

때문에 의도적으로 그가 지켜볼 수 있는 공간을 비웠고, 오래지 않아 그곳으로 몰려드는 기이한 세력들을 확인할 수 있었다.

'으음⋯.'

지켜본 결과 그들의 정체에 대해 파악하는 건 어렵지 않았다.

'실험체들인가.'

각국에서 비밀리에 수많은 연구들을 진행하고 있음을 알았다. 왕실 직통으로 내려온 명령서와 지금 상황의 연관성을 통해, 저 의문의 집단이 세톤 왕국의 비밀과 관련되어 있다는 것 정도는 충분히 짐작할 수 있었다.

굳이 별도의 영역을 만들라고 한 이유도 알게 되었다. 물론, 그 부분이 제대로 지켜진 건 아니었으나, 저들이 머무는 장소는 그래도 나름 사각지대의 한 부분이었기에, 다양한 시선의 집중은 피할 수 있을 터였다.

'그나저나⋯.'

저만한 숫자가 한자리에 모였다는 게 기이했다.

'모르겠군.'

알 수 없었다. 하지만 오래지 않아 펼쳐진 상황은 더욱 그를 당혹스럽게 만들었다.

'뭐지?'

저 멀리서부터 알 수 없는 감각이 들이치는 걸 느꼈다. 워낙 먼 거리인 탓에 정확하진 않았으나, 경지에 오른 그의 감각은 무리 없이 이를 잡아냈다.

거기에 대한 의문을 내비치기도 전에, 수비 영역 한편에서 변화가 발생했다.

실험체로 여겨지던 이들이 움직임을 내비친 것이다.

너른 대지를 상대로 시야를 단련해 온 덕분일까? 상당한 거리에도 불구하고 그는 단번에 저들의 목적지와 목표물에 대해 확인할 수 있었다.

'사람?'

그것도 단 한명이었다.

'대체…'

실로 이상한 일이었다.

'…뭐야, 이건?'

겨우 한 명에게 저 많은 숫자가 달려든다?

하지만 뒤이어 펼쳐진 장면들은 그의 상상의 영역을 아득히 초월하고 있었다.

에던은 멀찍이서 질주해오는 이들을 보며 두 눈을 빛냈다. 짜릿한 전율이 등허리를 타고 오르는 순간, 이미 이곳이 전장이라는 걸 깨달은 까닭이었다.

익숙한 전장의 향기가 풍겨왔다.

파스스스스스…

문득, 지면을 타고 뻗어오는 기이한 파동을 느꼈다. 의문을 느낄 새도 없이, 저 멀리 전방으로 희뿌연 안개가 생성되는 게 보였다.

"하…."

헛웃음이 절로 나왔다. 저안에서 희미하니 익숙한 흐름을 느낀 까닭이었다.

'마기… 인가?'

생각은 길게 이어지지 않았다. 어느새 그를 위협하는 공격이 날아드는 게 보였다.

'화살.'

일단은 움직여야 할 때였다.

짧게 몸을 튕기며 앞으로 던지는 것만으로도 위험에서 벗어날 수 있었다.

지난번 이드라반과의 격전 속에서, 사자검의 흐름을 일부 훔쳐냈고, 이를 통해서 폭발적인 파괴력에 대한 깨우침을 얻었다.

덕분일까?

오러를 지닌 기사들처럼, 마경의 흐름과 마기의 운용을 통해, 순간적인 파괴력의 발산도 가능해졌다.

그저 가볍게 튕긴 것 같은 움직임이나, 그의 신형은 순식간에 십여 미르 가까이 전진해 있었다.

생각보다 정확했던 화살의 저격과 공간감으로 인해, 빠져나오는 건 그리 어렵지 않았다. 하지만 이후 이어진 화살들은 그 같은 움직임을 견제하는 듯, 정확성보다 공간을 염두에 두고 떨어졌다.

하지만 그마저도 에던은 어렵지 않게 피해냈다. 아니, 피해야만 했다.

'강해!'

한 차례 화살을 쳐냈을 때 느낀 부분이었다.

상당한 실력자들이 쏘아내는 듯, 그 안에 담긴 힘들이 만만치가 않았다. 쓸데없는 체력 소모가 클 거란 이유로, 과감한 전진으로 거리적 타격을 최소화 하고자 한 것이다.

마기를 폭발시키며 전력으로 질주를 시작하자, 그 스스로도 놀랄 만큼의 속도감과 함께, 세상 풍경이 거짓말처럼 뒤로 밀려나고 있었다.

크라이드만과 함께했던 1년 남짓의 시간동안, 마기를 운용하며 나름대로 한계치 이상의 움직임을 보이는 법을 알아냈지만, 거기에는 육체적인 도움닫기가 필요한 행동들이 많았다.

하지만 이번 이드라반과의 격전을 통해, 순수한 마기의 활용법을 깨우친 상황이었다.

때문에 생각보다 가벼운 몸짓임에도 불구하고, 놀랄만한 폭발력이 딸려오고 있는 까닭에, 아직 적응할 시간이 필요하기도 했다.

문득, 거리를 좁혀가는 와중에 저 멀리 피어오르는 안개가 점차적으로 하늘로 솟구치고 있음을 알았다.

기나긴 밑바닥 생활에서 살아남기 위해, 간단하게나마 마법적인 조합과 상성에 대해 공부를 하기는 했지만, 그가 마법이란 학문을 전문적으로 알고 있는 건 아니었다.

말 그대로 편법이고 또 일부 치우친 지식만을 지니고 있는 것이다. 하지만 이상하게도 저 안개가 펼쳐내는 마법의 결과만큼은 단번에 짐작이 갔다.

달려가던 에던의 시선이 한편으로 쏠렸다.

그에게 화살을 쏘아 보내는 이들의 바로 전방, 일단의 무리가 투레질을 하는 말 위에서 진격을 준비하고 있는 게 보였다.

이미 돌진하고 있는 이들과는 다른 무리였다. 기이할 정도로 전신을 꽁꽁 싸맨 모습에, 이곳 극단의 대지와 맞닿은 경계령의 여파처럼 보이기도 했지만, 에던은 그 실상이 다른 곳에 있음을 알았다.

'죽음의 기사….'

데스 나이트라고도 불리는 언데드 계열의 마물 중에서도

최상위에 속하는 마물이었다.

엘프들의 고향 레-그라자로 향하던 당시, 침묵의 숲에서 본의 아니게 함께했던 여정의 영향일까? 아니면 사자검의 흐름으로 완전히 각성하기 시작한 마경의 감각 덕분일까?

그는 단번에 저 안에 담긴 흐름 그리고 들이치는 기세 속에서 마기를 느끼며, 안개의 진정한 목적을 깨달았다.

'빛의 차단.'

혹은 굴절이라고도 할 수 있을 것이다. 데스 나이트는 고위 뱀파이어와 마찬가지로 햇빛에 취약하기만 한 존재가 아닌 까닭이었다.

하지만 영향이 전혀 없는 건 아니었고, 저 안개는 죽음의 기사가 활동하기 편한 환경을 구성해 줄 터였다.

마치, 침묵의 숲에서 마주했던 그 어둔 영역처럼.

"후우…."

짧게 숨을 고르는 사이, 저들의 1차 진격부대가 그의 전방에 다다라 있었다. 그 역시 빠르게 전진을 거듭했기 때문에, 격돌은 그야말로 순식간이었다.

일단 시작은 강렬하게 나갈 생각이었다.

'기세싸움이니까!'

특히, 혼자서 감당해야 하는 무대인만큼, 그 출발이 중요했다.

사자검의 흐름을 훔친 파괴력을 오른손에 한껏 담으며, 실로 정직하고 또 우직하게 정권을 내질렀다.

단순하다고 여길지도 모른다. 하지만 그 안에 담긴 힘이 압도적이라면, 단순함이야말로 가장 위험한 무기가 될 수 있었다.

꽈르르릉…

과연, 그가 만들어낸 결과가 맞나 싶었다.

천둥이 치고 벼락이 떨어진 듯, 그의 전방으로 쭈욱 길이 만들어졌다. 그의 일격에 튕겨나가고 넘어지고 젖혀진 결과물이었다.

정면에서 마주했던 이들 뿐만 아니라 그 주변에 함께하던 이들도 함께 바닥을 나뒹굴고 있었다.

당연하게도 그 기세에 주춤거리는 게 느껴졌다.

'사냥개들….'

이들의 정체에 대해서는 짐작 가능했다. 암전의 정예라는 사냥개였다.

저 뒤에 있는 죽음의 기사들과는 달리, 이들은 암전의 순수한 전력이었다. 무시할 수 없는 전력이라는 건 알지만, 지금 이 순간만큼은 이들이 그저 희생양이라는 생각을 지우기가 어려웠다.

프록샤 평원에서 펼쳐졌던 전투와 비슷한 역할이었다.

[1대 1000!]

그의 존재감을 확실히 심어놓았던 그 전투에서, 암전은 900의 사냥개를 희생양으로 두고, 100의 팬텀으로 그를 잡으려 했었다.

셰릴과 레일라가 없었더라면 성공했을 계획이었을 것이다. 이번 역시도 이들은 당시와 같은 역할을 맡고 있을 터였다.

'나쁜 생각은 아니야.'

하지만 저들이 모르고 있는 게 있었다.

꽈득…

사자검을 쥔 손에 힘이 들어갔다.

그는 과거와 달랐다.

레-그라자에서 보냈던 1년 남짓의 시간과 변화.

"깜짝 놀랄 거다!"

사신의 검의 움직였고, 사자의 검이 죽음을 수확하기 시작했다.

❖ ✝ ❖

한 달 남짓의 시간을 보내고, 또 그만큼의 시간을 들여 안전하게 극단의 대지를 빠져나왔다.

사냥개들 중에서도 가장 특별한 이들만 모으기에 충분한 시간이었다.

확실히 그 생각이 틀리지 않았던지 달려드는 이들의 몸놀림이 심상치 않아 보여기는 했다. 뿐만 아니라 그의 행동을 보고 거기에 반응하는 움직임도 상당히 좋아보였다.

하지만,

157

'그래 봤자.'

온전한 별의 영역에 오르고, 이제는 그 너머로 발돋움을 하는 에던의 몸놀림에 비할 바는 아니었다.

베고 또 베고 또 베었다.

순식간에 한 자릿수를 넘어 두 자릿수의 죽음이 피어났고, 사자검의 기분 좋은 울림이 손끝을 타고 올라오기 시작했다.

압도적 파괴력으로 시작을 알렸던 것과 달리, 이후의 내용은 가장 기본적인 전투의 연속이었다.

'어차피 기선제압이 중요한 거였으니까.'

이들 사냥개들은 이미 그의 정체에 대해 알고 있었다. 때문에 저 많은 수가 그 한 사람을 향해 달려드는 걸 주저하지 않은 것이기도 했다.

함께하는 동료와 등 뒤의 지원군을 생각하며 자신감을 키웠을 것이기에, 첫 일격으로 그 같은 생각을 지우고자 한 것이다.

이후의 공격을 착실한 전투법으로 끌어들인 이유라면 간단했다.

'배 좀 채워줘야지.'

사자검을 제대로 활용하기 위함이었다. 힘의 방출로 인한 전투는 말 그대로 사자검의 배를 곯게 만드는 것이기에, 철저하게 검과 검을 맞대고, 살갗을 가르며 죽음을 뽑아내는 중이었다.

당연하게도 사자검의 기분이 좋아지는 만큼, 보조적인 역할도 확실해지면서, 그의 체력적인 부담감이 상당부분 덜어지고 있었다.

어느새 세 자릿수의 사냥개를 역으로 사냥한 상황이건만, 전체적인 감각은 이제 막 전투에 돌입하는 것처럼 체력과 활력이 넘쳐났다.

그리고 이 즈음해서 사냥개들의 걸음이 늦춰지기 시작했다. 어찌 할 틈도 없이 동료들이 죽어나가는 장면이 새삼 눈앞의 존재를 깨닫게 한 것이다.

초월자에 대한 두려움이 다시금 끓어오르는 순간이기도 했다.

'땀 한 방울 안 흘린다고?'

'미친, 이건….'

'…완전 괴물이잖아!'

그들도 각자 나름의 영역에서도 목소리깨나 내는 실력자들이었다.

사냥개로 선택된 순간부터 이미 그 실력은 증명된 거나 다름없었다. 하지만 거기에 더해, 그들은 각 지역의 상위 실력자들만이 따로 뽑혀서 모인 것이었다.

그들에게는 정예중의 정예라는 자부심이 있었다.

'결국, 그래 봤자… 인가.'

스스로가 인정하게 만들 정도로 에던과의 격차는 어마어마했다. 마치 그들이 사냥을 할 때, 사냥감들이 느끼는 감정이 이와 같을까?

복잡한 심경 속에서 그들의 걸음은 늦춰졌고, 어느덧 뒷걸음질을 시작하는 이들이 늘어났으며, 조금씩 등을 돌리는 이들이 나오기 시작했다.

[학살!]

그 단어 외에는 떠오르지 않는 잔혹한 사냥의 시간이었다.

❖ ❖ ❖

"으으음… 괴물이군."

저도 모르게 침음성을 삼킨 브락셀이 한 차례 손바닥을 쓸었다. 긴장감에 축축해진 땀방울이 쓸려나가는 게 느껴졌다.

달려들고 있는 사냥개들은 각 지역의 정예들 중에서도 정예였다. 뿐만 아니라 그들에게는 일종의 실험도 치러진 상황이었다.

'망령의 돌의 찌꺼기….'

비록 온전한 건 아니었으나, 그 일부를 그간 식사에 섞어서 꾸준히 복용시켰다. 소량이었지만 그것들이 쌓이고 쌓여 나름 광기의 잔재라 할 만한 것들이 저들 내부 깊숙이 심어져 있는 상황이었다.

겁 없던 돌진에는 그 같은 이유가 숨겨져 있었다.

'그런 놈들이 등을 돌리게 한다고? 하….'

헛웃음이 절로 나왔다.

첫 시작의 짜릿함과 달리 이어진 전투는 그저 평범한 칼
질과 부딪침의 연속이었지만, 그 속도가 줄어들지 않고 오
히려 빨라지고 있음에, 잔잔한 물결이 파도가 되고 점차적
으로 커지더니, 마치 해일로 변해가는 과정을 보는 기분이
었다.

슬쩍 바리센을 향해 시선을 돌렸다.

'역시….'

그도 느끼고 있던 모양인지, 붉게 물든 눈빛 너머로 서늘
한 한기를 일으키고 있는 게 보였다.

이성적 판단력을 앞세우고자 노력하는 모습에, 바리센이
광기에 완전히 빠져든 건 아님을 알 수 있었다.

잠시 그를 주시하던 브락셀이 다시금 시선을 돌려, 이번
에는 뿌리에서 나온 지원군을 바라봤다.

'데스 나이트!'

저들을 처음 마주했을 때 얼마나 놀랐던가.

그 정체를 들키지 않고자, 온 몸을 꽁꽁 싸매고 있는 모
습에 겉으로는 크게 이상한 점이 보이질 않았다.

얼핏 이곳의 시린 날씨에 적응하지 못해 동여맨 복장처
럼도 보였다. 하지만 실상은 언데드의 뼈대를 감추기 위함
이며, 동시에 내리쬐는 햇빛으로부터 보호받기 위한 조치
였다.

놀라운 건, 저들이 온전한 데스나이트가 아니라는 점이었다.

약간이나마 실험에 대한 개요 및 그 관련 내용을 전해 들었고, 이름 통해서 저들의 정체에 대한 추측을 할 수 있었다.

그는 뛰어난 마법학자였고, 부족한 자료 정도는 상상력으로 대처할 수 있을만한 능력을 지니고 있는 것이다.

'산자생멸인가…'

망자탈혼의 결정적 요소가 떠올랐다.

그들을 만들던 과정에 저들 연구의 결과가 포함되어 있다는 결론을 내릴 수 있었다.

저들 데스 나이트는 온전한 방식으로 탄생한 게 아니었고, 그 때문에 전면에 내세울 수 없던 것이다.

'애초에 데스 나이트를 만들려던 게 아니니까.'

결국 망자라는 형태에 이르기 위함이었고, 이를 위해 무수히 많은 실험이 있었고, 저들은 그 결과에 이르는 과정의 한 산물이었다.

그렇기에 더더욱 사신이라는 존재는 지워야만 하는 것일지도 몰랐다.

가까스로 닿은 망자라는 형태건만, 사신이란 존재 하나로 인해 부정적 의견이 나오고 있는 것이다.

브락셀 역시 그 실험에 적잖은 역할을 했던 까닭에, 이번 전투에서 원하는 결과를 얻어낼 수 있기를 바랄 뿐이었다.

'그나저나…'

잠시 주변을 훑던 그의 시선이 다시금 저 멀리 전장으로 향했다.

'벌써… 끝인가.'

사냥개들이 희생양으로써 선택되었다고는 하나, 그래도 이렇게 빨리 소모될만한 전력은 아니었다. 하지만 그런 예상을 비웃듯 어느새 마무리를 하는 모습이 보였다.

'끄응….'

앓는 소리가 절로 나왔으나, 애써 삼켜내며 안도의 한숨으로 돌렸다.

다행스럽게도 최초의 목적 정도는 이뤄낸 까닭이었다.

희생양을 빌미로 이 너른 공간에 일종의 '필드' 마법을 설치한 것이다.

당연하게도 그 마법의 제물로써 사냥개가 사용된 것이기도 했다. 그들은 시간을 버는 것이며 동시에, 그 피를 흩뿌려 마법적인 공간 및 영역 설정의 역할을 맡고 있었다.

저들이 입은 보호구에는 이를 위한 마법진 역시 새겨져 있었다.

'설마, 뱀파이어의 혈마법이 사용될 줄이야.'

그들이 삼켰던 돌의 찌꺼기 역시 혈마법의 재료 중 하나였다.

타 종족은 온전히 활용할 수 없는 혈족마법이라는 걸 감안했을 때, 이 정도나마 재현해낸 건 놀랍다는 말이 아깝지 않을 정도였다.

때문에 더욱 저들의 배신이 안타까울 수밖에 없었다.

'좀 더 시간이 있었더라면…'

더욱 높은 수준의 혈마법을 재현해내는 게 가능했을 거란 생각에, 아쉬운 마음을 감추기가 어려웠다.

'그건 그거고… 일단은 눈앞에 집중해야겠지.'

어느새 마무리도 끝난 듯, 저 멀리 한 사내가 느긋한 걸음으로 다가오는 게 보였다.

'괴물이군….'

새삼 그 같은 단어가 떠올랐다. 그도 그렇게 무려 오백에 달하는 사냥개를 상대했건만, 너무도 말끔한 모습으로 걸어오고 있는 것이 아닌가.

거리가 멀어 정확히 확인하기는 어려웠으나, 제대로 된 상처도 없어 보였다. 어쩌면 피 한 방울 묻지 않은 건 아닐까? 그런 생각마저 들 정도로 여유로운 모습이었다.

'…괴물이야!'

긴장감 속에 본격적인 뿌리의 전력이 약진을 준비했다.

❖ ❖ ❖

철저하게 격의 차이를 보여줬다고는 하나, 아무래도 난전이었던 만큼 깔끔한 전투를 보이기는 어려웠다.

자잘한 상처들을 비롯하여, 옷가지도 이리저리 베어진 자국이 남아있었으며, 저들이 뿌린 핏물 덕분에 모양새가 크게 좋지도 않았다.

물론, 그럼에도 불구하고 크게 티가 나지 않는다는 점에서 압도적이었다는 건 분명했지만, 어쨌든 브락셀의 예상과 달리 피 한 방울 흘리지 않고 또 묻지도 않은 그런 전투는 아니었다.

아무리 정예 중의 정예들이었다지만, 그 몸놀림이 과할 정도로 좋았다.

'움직임만 보자면… 별에 닿았다고 해도 이상하지 않았지.'

그런 실력자들이 수두룩했다. 하지만 몸놀림에서 묘한 이질감을 느꼈고, 그 부분에서 여유를 얻었다.

짐작하는 건 있었다.

'암전 놈들 방식이야 뻔하지….'

실험이라는 단어가 머릿속에 떠올랐다. 왠지, 입맛이 썼다.

"썩을 놈들!"

욕지거리가 절로 나왔다. 사람을 실험체로만 보는 암전의 행태가 여러모로 거슬린 까닭이었다.

저 멀리 보이는 죽음의 기사들 역시도 그런 예감을 줬다.

침묵의 숲에서 겪은 경험 덕분에 저들을 알아보기는 했으나, 미묘한 차이에 한 줄기 의혹을 느낄 수밖에 없었다.

왠지 숲에서 봤던 죽음의 기사와는 다른 것 같단 생각에, 암전 특유의 실험들을 떠올리며, 저들이 어쩌면 온전한 데스 나이트가 아닐 거란 짐작을 한 것이다.

[흑마법이야!]

문득, 레일라의 이야기가 떠올랐다.

[그 정도의 인체 실험에 능통하려면, 전형적인 흑마법 만큼 유용한 게 없어.]

그녀 스스로도 흑마법에 대한 지식을 쌓고 있는 까닭에, 단언할 수 있던 부분이기도 했다.

[암전이 보여준 결과물들을 생각해 본다면, 흑마법 중에서도 가장 독하고 악의적인 것들을 연구하고 있을 거야.]

죽음의 기사는 바로 그 연구의 결과물일거라 여겼다.

우웅… 우우웅…

문득, 사자검의 흥얼거림이 느껴졌다. 손끝을 타고 흐르는 울림이 나쁘지 않았다. 사냥개들을 베어서 얻어낸 힘이 생각보다 컸던 것이다.

길어지려 하는 그의 상념에, 빨리 다음 전투와 죽음을 맛보게 해달라며, 조금은 칭얼거리는 느낌도 들었다.

고개를 절레절레 저으며 전방으로 걸음을 옮겨갔다.

그 순간, 마치 기다렸다는 듯, 일단의 무리가 달려오는 게 보였다.

'데스 나이트!'

고개를 끄덕였다. 마법적인 준비가 끝난 것인지, 어느덧 하늘 너머로 뭉개뭉개 피어난 잿빛 안개 혹은 구름이 저들을 빛으로부터 보호하고 있는 게 보였다.

그들을 주시하는 순간, 잠시 멈췄던 화살비가 다시금 쏟아져 내리기 시작했다.

에던은 몸을 날리는 한편, 이를 쏘아내는 이들을 한 차례 바라봤다. 저들 역시도 실험체라는 예감을 받았다.

기이한 흐름들이 저들에게로부터 흘러나오고 있음을 느낀 까닭이었다.

'마기!'

확신하기는 어려웠지만, 저들 역시도 마기라고 여겨지는 기운을 내부에 쌓아두고 있는 걸 느꼈다.

단지, 그 순도가 맑지 않음에, 그가 지니고 있는 마기와는 큰 차이가 있다는 생각을 했다.

이런저런 생각을 하며 전진하는 사이, 어느새 죽음의 기사들이 그의 간격에 다다라 있었다.

그 순간 에던이 검을 앞으로 내세우며 외쳤다.

"멈춰!"

웃기지도 않는 행태라고 여길 수 있었으나, 놀랍게도 그의 외침과 동시에 죽음의 기사들이 말의 고삐를 잡아챘다.

그리고 이어진 한마디,

"꿇어!"

기다렸다는 듯, 죽음의 기사들이 말에서 내리며 일제히 한쪽 무릎을 꿇었다. 마치, 명령을 기다리는 것 같은 자세로, 그를 바라보는 모습들이 보였다.

에던의 입 꼬리가 살짝 올라갔다.

'여러모로 유용하다니까.'

전방에 내세운 사자검이 기운찬 울음을 토해내고 있었다.

우우우우우웅…

순간, 죽음의 기사들의 고개가 밑으로 내려갔다.

❖ ✛ ❖

침묵의 숲에서 겪은 경험으로 어느 정도는 예감하고 있었다.

[마신의 사자!]

그게 어떤 위치이며, 어떤 권능을 지니고 있는지 알았다. 이드라반과의 대화는 이를 확실히 깨닫게 하는 계기이기도 했다.

무려 마왕의 권위를 외면하게 만들 정도의 마력 혹은 매력이 그에게는 존재하는 것이다.

'절대적이지는 않겠지만….'

중요한 건, 저들 죽음의 기사에게 영향력을 발휘할 수 있다는 점이었다.

이 부분에서 에던은 한 차례 주저함을 가졌다. 침묵의 숲에서 마주했던 죽음의 기사와 저 멀리 다가오는 이들과의 미묘한 차이점을 느낀 까닭이었다.

어쩌면 그의 영향력이 더욱 미비할 수 있을 거란 예감을 받았다.

적대적인 기세를 읽었을 때, 이 부분을 확신했고 그와 동시에 사자검을 전면으로 내세웠다.

사실, 그는 아직 스스로가 완성되지 않았다고 여겼다. 때문에 심판자로써의 영향력 역시 부족함이 있을 거란 걸 알았다.

실제로 이드라반 역시 그 같은 이야기를 해줬었다.

[아직… 사자검의 존재감을 넘지 못하셨습니다.]

완전해지기 위해서는 그 스스로가 심판자로써 자각해야 한다는 것도 있었고, 거기에 더해 신물을 뛰어넘고자 한다면 벽을 넘어야 한다고도 했다.

별의 영역 그 너머를 이야기하는 것이다.

'한 발 정도는 걸친 것 같지만….'

온전히 두 발을 들이진 못했다.

왠지 미묘한 흐름을 내비치는 죽음의 기사들에게, 그 존재감이 얼마나 미칠지 모르는 까닭에, 확실하게 하고자 사냥개들을 제물로 사자검을 포식시키고, 그렇게 쌓은 힘을 앞세운 것이다.

말을 멈춘 뒤 일제히 고개를 낮추는 죽음의 기사들을 보며, 에던은 한 차례 더 명령을 내렸다.

"비켜!"

기다렸다는 그들이 움직이며 좌우로 갈라지고, 오로지 그만을 위한 길이 열렸다.

그들을 지나쳐 다시금 전진했다.

169

따각… 따각…

순간, 등 뒤로 따라오는 오싹한 말발굽 소리를 들었다.
돌아보지 않아도 알 수 있었다.

죽음의 기사들이 말을 이끌며 일제히 그의 뒤를 따라 걷
고 있는 것이다.

별 다른 명령이 있던 것도 아니건만, 이미 그들을 사자검
의 마력에 매료되어있었다.

짧게 실소한 그가 다시금 전진을 시작했다.

❖ ✛ ❖

"저게… 뭐야?"

당혹감으로 시작해 분노로 끝을 맺는 바리센의 사나운
외침에, 벙찐 얼굴로 있던 브락셀이 짧게 몸을 떨었다.

바로 옆에서 바리센이 내비치는 사나운 기세가 그를 엄
습한 까닭이었다.

그저 분노를 터트린 것뿐이건만, 바리센은 그 기세만으
로 주변을 흔들고 있었다. 새삼 그의 변화에 감탄하는 한
편, 지금 이 말도 안 되는 상황을 분석하고자, 그의 머리가
바삐 돌아가기 시작했다.

'으음….'

하지만 오래지 않아 신음성과 함께 고개를 흔들어야만
했다. 마땅한 답을 찾아내지 못한 까닭이었다.

'왜?'

어째서?

'데스 나이트가 사신에게 무릎을 꿇은 이유가… 대체?'

모를 일이었다.

'죽음의 기사라서 사신에게 무릎을 꿇은 건가?'

웃기지도 않는 농담을 슬쩍 떠올렸다가 고개를 흔들었다. 이 따위 농을 떠올릴 만큼 스스로가 몰려있다는 생각이 든 까닭이었다.

'끄응….'

두개골이 빠개질 듯, 지끈거리는 두통이 일어났다. 이해할 수 없는 상황에 어떤 판단을 내려야 할지 골머리가 아팠다. 더욱 골치 아픈 건 그의 발언권이 너무도 미미하다는 데 있었다.

"죽인다!"

납득하기 어려운 상황에 이성적 사고가 광기에게 먹혀버리기라도 한 걸까?

흉광을 번뜩이며 바리센이 사납게 외쳤다. 말뿐만이 아니라 실제로 전진을 시작하고 있다는 게 더욱 큰 문제였다.

브락셀은 그에게 부여된 최소한의 발언권을 통해, 나름 진형이라 할 만한 걸 갖추고, 돌격 순서나 전장의 구현 시점까지, 어설프게나마 형태를 다져놓은 상황이었다.

하지만 바리센이 폭주하는 순간, 그 모든 게 무용지물이 되어버릴 수도 있었다.

말리기 위해 다가가다 바리센의 광기어린 눈빛을 마주하고는 걸음을 멈춰야만 했다.

바리센은 그의 접근을 눈빛만으로 차단한 뒤, 다시금 고개를 돌려 전진을 시작했고, 브락셀은 입술을 잘근 씹으며 그 뒷모습을 바라볼 수밖에 없었다.

'어쩔 수 없나.'

하지만 이내 상황을 인정하며 한숨과 함께 고개를 끄덕였다.

어차피 최초 계획이던 사냥개들의 희생부터 불안불안 했었다. 필드를 만들기는 했지만, 이른 죽음으로 인해 위태로울 수 있었던 것이다.

그러더니 결국 데스 나이트가 이탈을 해 버렸다.

최전방에서 벽을 쌓고 전장을 진창으로 만들어야 할 그들이 사라졌으니, 아무래도 준비한 계획을 실행하기 어려운 상황이었다.

애초에 필드 자체도 저들을 위한 무대였건만, 지금 분위기로 봐서는 오히려 역효과가 날지도 모른다는 생각이 들고 있었다.

마법학자로써 나름 이성적이면서도 체계적인 구도를 갖추고 싶었지만, 그의 영향력으로는 시작부터 망가져버린 그림을 더는 손볼 수 없다는 걸 알았다.

그의 시선이 활을 들고 있는 최후방의 궁수부대로 향했다.

'키메라.'

저들에게는 독특한 실험이 행해져 있었다. 일종의 특수 부위를 강화시키는 연구로써, 저들 최후방의 부대는 오로지 팔의 근력 강화에 집중을 시킨 결과물들이었다.

각종 몬스터들의 근력을 모방한 것으로써, 결코 정상적인 방법으로 이뤄진 게 아닌 만큼, 저들의 외형도 데스 나이트와 마찬가지로 독특한 형태를 지니고 있었다.

그 때문인지 저들 역시도 전신을 꽁꽁 둘러맨 복장을 할 수밖에 없기도 했다.

얼핏 잘 못 본다면 몬스터로 착각할 만큼, 그들의 피부색이나 체형은 독특한 것이었다.

뿐만 아니라 바리센의 뒤를 따라서 돌격하는 이들도 마찬가지였다.

망자와는 궤를 달리하던 실험체로써, 저들 역시도 인체 변형의 결과물들이었다.

몬스터들을 모방한 결과물들로써, 궁수부대와 달리 저들은 전체적인 신체강화에 성공한 이들이었다.

단지, 그 한계가 너무도 명확하고 제대로 된 명령을 수행하는 게 어렵다는 문제점이 존재했다.

그가 계획을 단편적이면서도 간략하게 구성했던 건, 발언권의 문제뿐만 아니라 이 같은 특수성에 관한 이유도 있었다.

'일단은 지켜봐야겠지.'

바리센의 뒤를 따라서 사납게 달려가던 이들이, 일제히 옷을 벗어던지는 게 보였다. 얼핏 외형적으로는 일반적인 인간들과 다를 게 없었다.

하지만 이어진 광경에 절로 신음성이 튀어나왔다.

'으음….'

전신이 부풀어 오르고 곳곳에서 털이 솟구치는 모습을 본 까닭이었다.

언뜻 전설속의 수인족을 연상시키는 모습이었지만, 저들은 각자 몬스터들을 모방한 것으로써, 이곳 세톤 왕국에서 가장 특별한 곳, 극단의 대지의 특수종을 표본으로 잡고 있는 까닭에, 저 같은 변화가 이뤄진 것이기도 했다.

"크아아아아아–!"

"캬아아악–!"

전방에서부터 울려 퍼지는 사나운 울부짖음이 더 이상 저들에게서 사람의 본연의 향수를 찾기 어렵게 만들었다.

망자와 달리 외부로 선보일 수 없는 결정적 이유였다.

'자칫… 인체실험과 흑마법에 대한 부분이 발각될 수 있으니까.'

그 같은 우려 속에, 저들과 관련된 실험은 결국 중지된 것이기도 했다.

이미 대부분의 뿌리들이 각자 지니고 있던 키메라와 변형체들을 망자로 대체하고 있다는 걸 알았다.

세톤 왕국도 그 같은 과정을 거치는 시점이었고, 그런

만큼 저들 데스나이트와 각종 변형체들은 이곳 전장에서 최대한 소모될 확률이 높았다.

어쩌면 그 같은 이유로 바리센의 지원에 응한 것일지도 몰랐다.

'하아…'

거기까지 생각하던 브락셀은 저도 모르게 한숨을 흘려버렸다.

이번 사건을 계기로 생각보다 많은 걸 알게 되었음을 깨달은 까닭이었다. 암전의 최고위층인 원로회의 일원으로써, 뿌리에는 깊이 발을 들이지 않은 적당한 위치에서 떵떵거리며 살고자 했다.

하지만 지금 이대로라면 결국 뿌리 깊숙이 발을 들이게 될 것이고, 결국 골치 아픈 위치까지 끌려들어갈 수밖에 없을 터였다.

이래저래 골머리가 아픈 상황 속에서, 어느덧 전장은 새로운 국면으로 접어들고 있었다.

❖ ✠ ❖

[1대 3000.]

처음 적들을 마주했을 때 들었던 생각이었다. 하지만 지금은 그 구도에 변화가 생겼다.

1이던 부분에 500가량이 더해진 것이다.

175

3000에서는 그만큼의 수가 줄어들었다.

게다가 첫 격돌에서 희생된 500의 사냥개들 역시 빼야 했다.

[501대 2000.]

구도 자체가 아주 크게 변화를 맞이한 것이다.

'뭐… 정확한 숫자는 아니겠지만.'

얼추 그 정도로 나눌 수 있을 터였다.

가볍게 고개를 끄덕이던 에던은 전방으로 달려오는 사나운 짐승들을 바라봤다.

'수인족?'

한 차례 그런 생각을 했지만, 이내 고개를 저었다. 저들은 그보다는 극단의 대지에서 마주했던 특수종들을 떠올리게 만들었다.

실제 기세도 거기에 더 닮아있었다.

"…쯧!"

절로 눈살이 찌푸려졌다. 암전의 인체실험을 다시금 상기한 까닭이었다. 여러모로 마음에 안 든다는 생각과 함께 발끝에 힘을 주며 대지를 강하게 밀어냈다.

쭈욱, 풍경이 밀려나며 그의 신형이 순식간에 전방의 짐승들을 향해 들이쳤다.

콰콰콰콱…

강렬한 몸통박치기에 사납게 질주하던 변형체들이 일제히 튕겨나고 나뒹굴었다. 그들과 부딪히며 에던도 살짝 튕겨

나왔는데, 그 반동을 이용해 간격을 잡고 공간을 만들었다.

그리고 본격적으로 검을 흩뿌리기 시작했다.

촤아아악…

피가 솟구치며 뜨거운 열기가 피어났다.

"크아아아아악-!"

코끝을 스쳐가는 전장의 향기에 발광하듯, 짐승들의 울부짖음이 더욱 크고 격렬하게 터져 나왔다.

"귓청 떨어지겠다. 썩을 놈들아!"

에던도 마찬가지로 사납게 목청을 높이면서 검격을 뿌렸다.

얼핏, 사냥개들과 비슷한 상황이 이어지는 것 같았다. 일방적이라 할 정도로 변형체들을 몰아치고 있는 것이다.

하지만 다른 점이 있었다.

'짐승이 따로 없네. 젠장!'

단 한 번의 기선제압으로 기세가 일부 줄어들었던 사냥개들과 달리, 이들은 말 그대로 눈에 뵈는 게 없다는 듯 달려들고 있었다.

팔이 베이고 잘려나가도, 목이 꿰뚫려도 달려들었다. 그 눈에서 생의 빛이 소멸되는 그 마지막 순간까지 그저 돌진 또 돌진이었다.

몬스터들도 이 정도까지 치열하게 달려들지는 않을 것 같았다.

그리고 이 때문일까?

"크흠!"

조금씩 그의 전신을 둘러싼 상처들이 늘어가기 시작했다. 아직까지는 가벼운 상처들이지만 그 숫자가 늘어난다면 차후에는 피곤해질 수도 있었다.

물론, 사자검의 보조와 마기의 회복력을 생각해 본다면, 충분히 감당할 수 있는 범위라고 여겼다.

그리고 중요한 건, 지금 이 전장의 구도였다.

콰콰콰콰콰콱…

새로운 무리가 그의 등 뒤를 따라 침투해 들어온 것이다.

[데스 나이트!]

마치, 에던의 적은 자신들의 적이라는 듯, 귀기어린 안광을 번뜩이며 변형체들과 격돌을 시작했다.

[인세의 마왕!]

문득, 최초의 심판자가 떠올랐다.

'이 정도면….'

죽음의 기사를 이끌며 전장을 휩쓸아친다.

'진짜 마왕이라고 해도 이상할 게 없겠네. 크….'

짧게 실소한 그가 다시금 검을 들었다. 죽음의 기사들이 난입하면서 주변 상황에 여유가 생기면서, 한결 편하게 검을 휘두르며 죽음을 회수할 수 있었다.

덕분일까?

그는 한결 느긋한 시선으로 주변을 돌아보며, 달려드는 이들을 살필 수 있었다.

'호흡… 숨소리….'

이들 변형체들은 죽음의 기사와 달리, 살아 숨 쉬는 이들이었다.

'하지만… 정말 이들이 살아있다고 할 수 있을까?'

에던은 달려드는 짐승을 바라봤다.

"크아아악-!"

"캬악-!"

말 그대로 짐승 그 자체였다. 생긴 것도 이미 사람의 형태를 벗어나있었다. 어렴풋이 그 흔적이 남아있었지만, 누가 봐도 몬스터라고 할 수준이었다.

정말, 이들이 살아있다고 할 수 있을까?

콰아아악…

에던의 검이 다시금 죽음을 수확했다.

"삶이 그대들의 것이 아니라면."

그들에게 필요한 건, 삶이 아닐지도 몰랐다.

"안식만은 그대들의 것이리라."

심판자로써 에던은 검을 들었고, 사자검은 충실히 삶과 죽음의 경계를 베어나갔다.

죽음이 꽃피는 대지 위해서, 안식의 춤사위가 시작되었다.

❖ ✛ ❖

압도적이며 또 절대적이었다.

그의 검이 움직이는 궤적에 따라, 삶과 죽음의 경계가 갈렸다.

두려움을 느낄 수밖에 없었다.

'말도 안 돼!'

부정하려 하지만 떨리는 팔과 다리 그리고 동공이 현실을 직시하게 만들었다.

광기에 물든 스스로를 알기에, 더더욱 이해할 수 없는 감정이기도 했다. 때문에 끊임없이 부정하고 또 외면하며 억지로 걸음을 내딛었다.

'나는….'

오래토록 다지고 또 쌓아왔던 각오가 불쑥 솟구치며 등을 떠밀어줬다.

"…왕이 될 남자다!"

버림받은 과거가 기름이 되어 불꽃을 화려하게 일으켰다. 그와 동시에 흔들리던 바리센의 동공이 다시금 제자리를 잡았다.

뜨거운 광기가 재차 타오르기 시작했다.

❖ ❖ ❖

죽음의 기사 덕분에 한결 여유를 얻었다고는 하나, 변형체들의 돌진은 결코 가볍게 여길 수 없었다.

그저 달려드는 것밖에 모른다지만, 저들에게는 말도 안 될 정도로 뛰어난 신체능력이 있는 까닭이었다.

그나마 다행이라면 그 공격 방식들이 실로 단순하다는 점이었다.

단순한 만큼 마경이 보여주는 궤적 역시도 매끄럽게 이어졌고, 그만큼 아름다운 춤사위가 죽음의 꽃을 피워내고 있었다.

[마경을 열고 궤적을 본다.]

언뜻, 예지라고 해도 틀리지 않을 그 궤적의 결정을 따르며 이리저리 몸을 피하고 움직이며 검을 휘둘렀다.

그러면서 한 걸음 한 걸음 전진을 거듭하니, 그가 걷는 길 위로 죽음의 그림자들이 수북이 쌓여가기 시작했다.

말 그대로 사신이라는 그 명성에 어울리는 사자의 길이었다.

그렇게 얼마나 걸었을까?

한 판 춤사위가 돌연 끝을 고하고, 달려들던 부나방들이 점차적으로 불 '빛' 이 아닌 불 '길' 을 보게 되면서, 작게나마 공간이라 할 만한 영역이 갖춰질 즈음, 그가 모습을 드러냈다.

"푸욱… 푸우… 푸욱….."

그는 거칠게 내뱉는 호흡을 통해, 언뜻 변형체와 같은 느낌을 줬다. 하지만 그 외형은 너무도 인간적이었고, 보여주는 자세 역시도 숨소리와 달리 올곧았다.

게다가 결정적으로 다른 게 있었다.

'눈빛….'

초점이 흐릿한 다른 변형체들과 달리, 정확히 그를 주시하고 있는 동공에서, 분명한 차이를 느낀 것이다.

"후욱… 후… 사신…."

거기에 더해 말문까지 열렸다.

"…정말… 보고 싶었다… 후욱…."

단지, 거친 호흡과 함께 저런 내용을 던져오니, 어찌 대응해야 할지 잠시 당혹스럽게 하기는 했다.

그러다 문득 눈에 들어오는 게 있었다. 아니, 좀 더 정확히는 마경을 연 감각에 잡히는 거라 해야 옳았다.

"…망령의 돌?"

저도 모르게 튀어나온 한마디에 사내, 바리센의 안광이 시뻘건 빛을 뿜었다. 암전의 비밀인 망령의 돌에 대해서 안다는 사실이 그를 더더욱 분노케 한 것이다.

"후욱… 빌어먹을 흡혈귀 놈들… 훅… 결국 배신했구나… 으득!"

그 순간 에던의 눈도 빛났다

'역시 망령의 돌로 인한 부작용이었나.'

안광이 번뜩이던 모습이 이드라반의 광기와 닮아있었고, 거기에 더해 전해지는 느낌 역시도 그의 기세와 크게 다를 게 없어보였다.

미묘한 차이 정도는 있었지만, 이는 종족간의 간극으로 여기면 될 듯싶었다.

그가 쌓아둔 죽음의 향이 짙었던 까닭일까?

더 이상 주변으로 몰려드는 변형체들은 없었고, 그 덕분에 바리센을 맞이하기 위한 공간이 마련되었는데, 그로 인해 오로지 둘만을 위한 전장이 완성되고 있었다.

슬며시 검 끝을 세우며 바리센을 노렸다.

흠칫!

그 순간 바리센의 동공이 흔들렸다.

광기에 몸을 맡기던 그의 신형이 슬쩍 물러났다. 사자검이 내비치는 짙은 죽음의 향이 그로 하여금 뒷걸음질을 치게 만든 것이다.

'이거였나.'

변형체들로 하여금 접근을 불허하게 만든 이유가 바로 이 오싹한 향기 때문이라는 걸 깨달았다.

'나는… 왕이 될 남자다!'

오랜 세월 다져온 각오를 재차 떠올리며 두려움을 떨쳐냈다.

거리가 가까워지고, 점차 분위기를 잡아가는 격돌의 흐름 속에서 에던은 희미하니 비쳐드는 궤적들을 바라봤다.

눈빛 그리고 근육의 움직임 마지막으로 들이치는 기세까지, 그 모든 흐름들이 예지의 편린이 되어 궤적을 그려내고 있었다.

"후욱… 후우… 후… 후…"

거칠게 몰아쉬던 숨결이 일순 잠잠해지고, 에던의 등 뒤로 짜릿한 긴장감이 스쳐갔다.

'온다!'

찰나의 순간, 바리센의 신형이 거대하게 부풀어 오르는 게 보였다. 실제로 그 덩치가 커졌다는 건 아니었다.

눈 깜빡할 사이에 거리를 지워버리듯, 무시무시한 속도로 달려들면서 발생한 일종의 착시현상이었다.

카아아앙…

어느새 뽑아든 것일까?

바리센이 휘두른 검이 에던의 칼끝을 쳐내며 간격 안으로 훌쩍 발을 들이고 있었다.

그 한 순간의 움직임은 아무리 생각해도 별의 영역에 닿아있는 특별한 것이었다. 뿐만 아니라 몸놀림과 더해 칼끝을 타고 전해지는 괴력에서도 별빛을 느끼기에 충분했다.

'하지만…'

튕겨진 검의 궤적에 따라 팔이 열리고 가슴을 드러낸 에던이 파고드는 바리센을 바라보며 쓰게 웃었다.

'…결국, 가짜일 뿐!'

섬뜩한 예기가 정확히 심장 어림을 노리며 날아들고 있었다. 실로 위험천만한 순간이었다.

'성공이다!'

바리센은 확신과 함께 입 꼬리를 말아 올렸다. 하지만 어찌된 일인지 칼끝이 목적지를 꿰뚫지 못하고 있었다.

마치 일정영역 이상을 넘지 못하는 듯, 결계라도 펼쳐진 것처럼 검이 가슴에 닿질 않았다.

뒤로 밀려나는 풍경의 흐름이 멎었을 때, 뒤늦게 그 이유를 알 수 있었다. 목표물이 가볍게 발끝을 차고 허리를 튕기며 뒤로 물러난 것이었다.

그리고 그의 돌진이 멈추고 검이 목적한 바를 이루지 못한 채 정지했을 때, 목표물이 뒤로 빼냈던 허리의 반동을 타며 급속도로 다가들었다.

중간에 살짝 허리를 비트는 것만으로 그의 검을 외면해 낸 목표물이 활짝 웃으며 다가온다. 일순, 그 얼굴이 거대하게 확장했다.

빠악!

아찔한 타격성과 함께 눈앞에 별이 번쩍였다.

'…박치기?'

의문을 느낄 새도 없이 또 다시 별이 떴다.

빠악!

이번에도 박치기였다.

"크윽!"

신음성과 함께 뒤로 물러날 때, 대뜸 그의 뒷목을 움켜쥐는 손길을 느꼈다.

간격을 완전히 좁힌 에던이 손을 뻗어 바리센의 목을 잡으며, 그의 퇴로를 차단한 것이었다.

그리고 또 다시 이어지는 박치기 한 방.

빠악!

어질어질한 충격 속에서, 이제 시작이라는 듯 박치기가 연달아 터져 나왔다.

팔다리를 휘두르며 밀어내려 하지만, 그 어느 것 하나 제대로 휘둘러지는 것들이 없었다. 중간에 차단되며 튕기고 막히며 흘려질 뿐이었다.

정신 차릴 틈 따위는 주지 않겠다는 듯, 쉴 새 없이 안면을 두드리는 충격에 실제 정신이 날아가며, 이성적 사고 자체가 완벽하게 차단되어 버렸다.

완벽하게 광기에 지배되는 순간이었다.

"크아아아아악-!"

마치 변형체들을 연상시키는 흉악한 괴성과 함께 바리센이 몸부림을 쳤다. 일순간 괴력의 한계선이 압도적으로 확장되며, 그를 제압하고 있던 에던을 크게 튕겨냈다.

고통을 모르고 아픔을 잊어버린 변형체들과 마찬가지로, 맞고 찔리고 베이면서도 직진하는 저돌성과 함께 이 고통의 복수를 시작할 차례였다.

빠악!

하지만 들이치는 타격성과 함께 있을 수 없는 통증이 몰아쳐왔다.

"끄아아악-!"

동시에 날아갔던 정신도 재차 돌아왔다 광기가 일부 걷히고 이성이 살짝 자리했다. 흐릿하던 초점 역시 제자리를 찾았다.

'이게, 무슨…?'

과할 정도로 아찔한 통증이었다. 또 다시 박치기인가 싶었지만, 어렵사리 잡은 초점으로 확인하니 그건 아니었다.

'검?'

정확히는 검 옆면으로 그의 머리를 두드린 것이다. 그걸 확인하기도 전에 또 다시 검이 휘둘러졌다.

짜악!

검면에 따귀를 맞아 고개가 돌아갔고, 또 다시 아찔한 통증이 밀려들었다.

"끄아아아아악—!"

더욱 커진 비명 속에서 재차 검이 휘둘러져왔다.

짜악… 짝… 쫘악…

좌로 우로 쉴 새 없이 고개가 돌아가고, 시야 속 풍경이 어지럽게 움직였다.

정신이 날아가도 이상하지 않을 고통이건만, 어찌된 일인지 그 통증 속에서 머리가 맑아지며 광기가 날아가는 걸 느꼈다.

그렇게 얼마나 두들겨 맞았을까?

양 볼이 시뻘겋게 달아오르고 퉁퉁 부어올랐을 즈음, 아찔한 타격이 멈추고 드디어 그의 육신에 자유가 찾아왔다.

하지만 더 이상 달려들 엄두가 나질 않았다. 그럴만한 기력도 없었다.

망령의 돌로 인해서 도통 꺼질 줄 모르고 타오르던 광기의 불길이 마치 사그라지기라도 한 듯, 그저 추욱 늘어진 모습으로 주저앉아 버렸다.

"후욱…훅…후욱…."

여전히 호흡은 거칠었지만, 광기를 주체 못해서 터져 나오던 것과 달리, 지금은 말 그대로 기력이 다해, 지쳐서 나오는 숨결이었다.

"어때? 정신 좀 들어?"

문득, 그를 향해 날아드는 물음에 시선이 올라갔다.

'사신….'

광기가 흩어져버린 지금, 평소처럼 차가운 이성이 머리를 지배하기 시작한 이 순간, 그는 절실히 깨달을 수 있었다.

'…괴물!'

눈앞의 사내는 결코 대적할 수 없는 절대자였다.

'망자의 대적자?'

아니었다. 잘못 알려진 것이다.

'암전의 대적자!'

그는 뿌리를 위협하는 수준이 아니라, 어쩌면 짓밟을 수 있는 존재일지도 몰랐다.

'초월자라고?'

비록 망령의 돌을 통해서 거짓되게 오른 별의 영역이지만, 이리 쉽게 제압당한다는 건 말도 안 되는 일이었다.

'웃기지도 않는 소리!'

눈앞의 사내는 그 초월이라는 영역마저도 넘어서 있단 생각이 들었다.

"좀 쉬고 있으라고, 물어볼 게 제법 많으니까."

에던은 그 말과 함께 바리센을 툭 밀었다. 이미 지칠 대로 지쳐버린 바리센은 그대로 넘어가 바닥에 등을 기대야만 했다.

달려든 이들 중에서 유일하게 이성적인 모습을 보여준 만큼, 에던은 일단 그를 살려두기로 결정을 내렸다.

특히, 망령의 돌과 관계가 있다는 부분에서 여러모로 들을 게 많을 거라 여겼다.

이드라반이 말하길, 망령의 돌은 특별하며 이를 취할 수 있는 이들도 특별하다고 했었다.

[그 수량이 한정적인 만큼, 적어도 저와 비슷한 지위를 지닌 이들만이 취할 자격이 있을 겁니다.]

물론, 상당부분 그의 짐작일 뿐이지만, 망령의 돌 실험에 상당량의 지분을 차지하고 있는 만큼, 그 말이 들어맞을 가능성이 높다는 결론을 내린 상태였다.

때문에 사자검으로 바리센의 광기만 잠재워 놓은 것이었다.

'휘유… 아직도 바글바글 하네.'

한 차례 주변을 돌아보던 에던이 가볍게 숨을 고르며 다시금 전진을 시작했다.

변형체들이 다가오지 않는 만큼, 더욱 적극적으로 다가 갈 필요가 있었다. 걸음걸음에 점차 속도가 더해져갔다.

❖ ✛ ❖

믿기지 않는 결과였다.

'어찌… 저리 쉽게 당하다니. 허….'

브락셀은 꿈이라도 꾸는 기분이었다. 말도 안 되는 일이 었다. 데스 나이트나 변형체 같은 이전의 실험들은 모르겠으나, 망자와 관련된 연구는 그가 직접 참여한 만큼, 망령의 돌이 지닌 위험성과 더불어 그 파괴력에 대해서도 모를 수가 없었다.

물론, 그 역시 단편적으로 아는 것에 불과하지만, 마법 '학자'로써 그만한 정보면 충분히 나머지를 추측할 수 있었다.

때문에 믿을 수 없는 것이다.

'신체능력만큼은 별의 영역에 버금갈 수준이건만.'

냉정하게 평가했을 때, 현자의 돌로 탄생한 팬텀보다도 한 수 위라는 게 그의 판단이었다.

그런 만큼 저렇게 일방적이어서는 안 되는 것이다.

"으음…"

신음성이 절로 나왔다.

게다가 다시금 시작된 춤사위와 그로 인해 피어나는

죽음의 그림자가 잠재된 두려움을 불러일으켰다.

특히, 그렇게 피어난 어둔 그늘 너머로 절도 있게 뒤따르는 죽음의 군세는 그야말로 등골이 오싹해지게 만드는 음산함이 그득했다.

마치, 오랜 이야기책 속에서 나올 법한 마왕의 군세가 저러하지 않을까?

그런 생각을 하게 만들기에 충분했다.

그리고,

이 같은 느낌을 받은 사람은 그 혼자만이 아니었다.

세톤 왕국의 경계령을 지키는 이들 역시도 브락셀과 같은 두려움과 공포를 느끼면서, 국경바깥의 갑작스런 전장을 바라보며, 일제히 같은 단어를 머릿속에 떠올리고 있었다.

[인세의 마왕!]

과거, 첫 심판자를 부르던 고대의 별명이 오랜 세월을 지나, 이곳 세톤 왕국의 최남단에서 새로운 심판자에게로 계승을 알리는 순간이었다.

❖ ✝ ❖

전투는 끝났다.

일방적이라고 해도 과언이 아닐 그런 결과였고, 그 때문에 더더욱 세톤 왕국의 국경수비대를 긴장시키게 만들기에 충분한 상황이었다.

하지만 이에 대한 문제는 생각보다 간단히 해결되었다.

[플레임 스피어!]

드락이 직접 나선 덕분이었다.

무려 창술의 명가 에크릴 가문의 주인이며, 그와 동시에 남 대륙을 대표하는 초월자를 모른다는 건 말이 안 됐다.

일반적인 평민이라면 모를까, 세톤 왕국의 최남단을 책임지는 리젝턴 백작이 그를 모를 수는 없었다.

비록 그 위치는 남 대륙에서도 상당히 극과 극이라 할 만큼 떨어져 있었지만, 고위 귀족이라 불리는 만큼 대륙을 대표하는 초월자를 모르기는 어려웠다.

게다가 헥토산 왕국의 공작이기도 한 만큼, 필히 알아놔야 하는 게 당연할 정도였다.

그가 전면에 나서서 대화를 신청하고, 그 문장과 스스로를 드러냄으로써, 리젝턴 백작 역시도 한 발 물러날 수밖에 없었다.

세톤 왕국의 비밀 실험체들이 전멸한 상황이었으나, 대외적으로는 그들과는 무관하다 주장해야 하는 만큼, 왕국의 손실보다는 외부적인 시선을 먼저 판단하고 결정한 것이다.

때문에 성문을 열고 에던 일행을 받아들여야만 했다.

'꿀꺽…'

그들이 성문을 넘을 때, 국경을 지키던 모든 수비대원들이 긴장을 하며 마른침을 삼킨 건 당연한 반응이었다.

사실, 이는 성 밖으로 타오르는 무수히 많은 시체들 때문이었는데, 리젝턴 백작으로 하여금 대외적 시선에 집중하게 만든 결정적인 이유이기도 했다.

저 말도 안 되는 전투를 이끌어낸 사내도 문제였지만, 저 불꽃을 피워낸 존재 역시도 만만치가 않다는 걸 깨달은 까닭이었다.

단 한 번의 손짓과 함께 내리치던 불의 소나기는 그야말로 상상도 못한 장관이었고, 동시에 새로운 두려움의 시작이기도 했다.

대마법사!

어쩌면 그 이상일지도 모르는 존재가 저들 속에 포함되어 있음을 알았다.

한 눈에 봐도 초월자임이 확실한 격전의 주역과 거기에 더해 마도의 영역에 닿았을 법한 마법사 한명, 결코 만만치 않은 전력이었다.

그런 무시무시한 전력 속에 무려 플레임 스피어까지 끼어있었다.

여기서는 물러나는 게 정답이었다.

범상치 않은 인물들 세 명을 연속으로 본 까닭인지, 저들 일행 중 유일하게 그 능력이나 존재를 밝히지 않은 여인 역시도 한가락 하는 실력자로 비쳐졌다.

실험체들의 죽음을 빌미로 저들을 막으려고 했다가는 자칫 이곳의 경계망이 무너질 수도 있었다.

'충분히 가능한 이야기지.'

물론, 국경수비대의 전력을 생각해 본다면, 일방적으로 밀릴 일은 없었다. 하지만 저들 능력들을 떠올려 봤을 때, 도망치고자 한다면 잡는다는 건 불가능했다.

치명적인 피해만 입은 채, 저들을 놓쳐버릴 확률이 절대적으로 높았다.

'피할 수 있다면 피해야겠지.'

당장은 그게 최선이었다.

한 가지 걸리는 게 있다면, 저들 일행이 잡고 있는 '인질' 들이었다.

'으음… 왕국의 사람들일 텐데.'

실험체들과 연관이 있다는 건, 저들이 왕국 내부 비밀시설 혹은 집단의 요원일 확률이 높다는 소리이기도 했다.

그런 이유로 저들을 외면해야할지 말아야 할지 고민이 길었지만, 결국 그가 내린 결론은 하나였다.

'피할 수 있다면 피하자.'

리젝턴 백작의 이 같은 판단 덕분에, 별다른 어려움 없이 성문을 넘은 에던 일행은 일단 레드문의 비밀거처로 이동했다.

"휘유… 얼마 만에 누워보는 뜨신 잠자리냐."

일행들은 일제히 침상을 향해 뛰어들었다.

극단의 대지가 괜히 대륙의 금지로 불리는 게 아니었다. 아무리 레일라의 도움을 얻었다고는 하나, 그 여정은 결코 만만치가 않았다.

그 때문인지 이 따뜻한 공기와 안락한 침실이 그들 일행으로 하여금 일단 눕게 만들었다.

인질로 잡아왔던 이들에 대해서는 크게 신경 쓰지 않는 모양새였는데, 이는 셰릴의 조치 덕분이었다.

레드문이란 단체는 기본적으로 세상 이면을 살아가며 정보를 수집하는 세력이었다. 그런 만큼 부정한 방법 역시도 여럿 알고 있었다.

잡아온 인질 혹은 포로들을 통해 정보를 얻어내는 건, 에던 일행들보다 그들 레드문의 요원이 전문이기에, 그들에게 맡기며 휴식을 취하기로 한 것이다.

긴 여정에 격렬한 전투까지, 에던의 피로감은 특히 남다를 터였다. 마기로 인해 신체적인 회복은 얼마든 가능하다지만, 정신적인 피로감은 말 그대로 휴식을 통해 이뤄지는 것인 만큼, 에던은 침상에 눕기가 무섭게 코를 골며 잠자리에 녹아들었다.

"정말 피곤했나 보네."

셰릴은 그 모습을 슬쩍 훔쳐보며 쓰게 웃었다. 왠지 입안에 꺼끌꺼끌한 건, 그녀의 머릿속으로 앞서의 전투가 떠오른 까닭이리라.

'특별하단 생각은 하고 있었지만….'

설마, 그 정도로 많은 격차를 벌리며 나아가고 있을 줄이야.

실력차이에 대해서는 이미 느끼고 있던 부분이지만, 본격적으로 이를 받아들이기 시작한 건 극단의 대지에서 벌어졌던 특수종과의 격전을 통해서였다.

그리고 이번 암전과의 격돌은 그 같은 감정이 정점을 찍게 만들었다.

'이대로는… 안 돼!'

변화의 필요성을 느꼈다.

특히, 그 같은 생각을 하게 만든 결정적 계기는 레일라에게 있었다.

'처음 만났을 당시만 하더라도 6서클에 겨우 진입한 듯 보였는데.'

어느 순간 경지를 넘어 마도의 영역에 발을 들이더니, 이제는 셰릴도 감히 경시할 수 없는 수준의 실력자로 발돋움한 상태였다.

냉정하게 이야기 한다면, 20대에 별의 영역에 오른 그녀 역시도 과할 정도의 위치에 서 있다고 할 수 있었다.

하지만 에던의 변화 그리고 레일라의 성장은 그녀로 하여금 긴장감을 일깨우기에 충분했다.

'아무래도 스승님을 찾아봬야하나.'

밤의 여왕이 긴 세월 쌓아온 전통들을 다시금 그 몸에 되새길 필요성이 느껴졌다.

얼마만큼의 발전이 가능할지는 모르겠으나, 여왕들이 써내려온 역사라면 한 걸음 더 전진할 수 있는 계기를 얻기는 충분할 터였다.

"하아…."

한숨이 나오는 이유라면, 고된 수행을 예감한 까닭이리라.

'어지간하면 돌아가고 싶지 않았는데.'

겨우 20대의 나이에 별의 영역에 들 수 있었던 건, 여러 가지 이유가 있다.

그녀가 지닌 본연의 재능과 노력 거기에 뛰어난 연공법과 교육 방식을 등을 들 수 있었는데, 그 중에서 교육방식에 대해서는 그야말로 어린 시절의 악몽이라고 할 만큼, 그녀에게는 치가 떨리는 기억이었다.

물론, 그녀를 별의 영역에 올려준 결정적인 건 따로 있기는 했다.

[오러 전이!]

그것은 여왕들의 연공법이 지닌 특수한 능력이었다.

같은 연공법을 익힌 존재에게서 오러를 물려받을 수 있게 해 주는 것인데, 어린 시절 쌓았던 수련들은 전부 이 같은 오러의 전이를 위한 준비과정이기도 했다.

오러를 채울 그릇을 만드는 것으로써, 별의 영역에 오르기 위한 용량을 받아들이기 위한 토대가 이 시절의 수련을 통해 결정되는 것이다.

같은 연공법을 익혔으나 완전히 같은 오러가 쌓이는 건 아니었다. 사람이 지닌 본질적 차이만큼 오러에도 미묘한 변화가 있는 까닭이었다.

그 때문에 본질적 차이로 인한 이질감을 감당할 수 있게 육체라는 그릇을 잘 다져놓아야만 했다. 받아들인 오러의 양을 통해서 어린 시절의 수련 정도를 짐작하면 되는 것이다.

셰릴은 이 부분에 있어서는 여왕의 역사 속에서도 손에 꼽힐 만큼 준비가 잘 되어 있었고, 덕분이랄까?

전대 여왕이 지닌 오러의 절반가량을 받아들일 수 있었다.

'그만큼 치가 떨리는 시절이었지.'

그 당시를 상상하니 절로 식은땀이 나왔다.

에던과 레일라!

그들 두 사람을 떠올리며 다시금 그 악몽 속으로 걸어 들어갈 각오를 굳힐 수 있었다.

'어떻게든 되겠지!'

문득, 오랜 시간 스승에게 연락을 하지 않았다는 게 떠오르며, 괜스레 뒷목이 서늘해져왔다.

❖ ❖ ❖

레일라의 휴식 시간은 생각보다 길지 않았다.

따뜻한 잠자리로 인해 잠시 눈꺼풀을 내려두었지만, 최근 연구하고 있는 마법이 작게나마 성과를 보이는 와중인지라, 수면 시간을 길게 이어갈 수가 없었다.

서클마법, 흑마법, 원소마법, 혈마법.

그간 그녀가 이리저리 배우고 익혀온 마법들의 종류였다.

'이것들을 하나로 통합할 수만 있다면….'

오랜 마법의 역사 속에서도 손에 꼽히는 존재들만이 올랐다는 영역, 마도 그 너머의 세상에 발을 들이는 게 가능할지도 몰랐다.

마법사들 사이에서도 진리를 깨우쳤다 불리는 존재.

[현자!]

8서클의 영역으로써, 굳이 비유를 하자면 에던이 오르고자 하는 경지, 별의 영역 그 너머의 세상에 오른 이들을 뜻하는 단어였다.

레일라는 바로 그 지고한 이치의 경계를 향해 도전의식을 불태우고 있었다.

특히, 에던이 보여준 격전의 여운 때문인지, 더더욱 그 불길은 거세게 타오르는 중이기도 했다.

'여덟 번째 서클….'

수많은 마법사들이 마도의 영역을 넘지 못한 결정적인 이유가 신체적 한계에 있었다.

인간 육신이 지닌 한계, 심장이 담아낼 수 있는 마나총량의 벽.

그것들이 여덟 번째 서클을 허락하지 않았다. 자칫 심장이 터져버릴 수 있다는 것, 그게 무수히 많은 마법학자들이 내린 결론이었다.

'고대 시절에는 마도구로 벽을 깼다고 하지만….'

현 시대에는 벽을 깰 수 있는 뛰어난 수준의 마도구가 존재하질 않았다. 때문에 더더욱 벽을 넘기가 어렵다고 마법사들은 이야기하고는 했다.

레일라는 그간 익혀온 마법들을 통해, 그 너머로 내딛고자 했다.

'다른 것보다 혈마법을 배운 게 중요했지.'

결정적이었다.

운이 좋았다고는 하나, 어찌 되었건 혈족마법을 익힘으로써, 마법의 경계를 일부 허물었고, 이를 통해서 경지의 벽마저 허물 계기가 찾아왔음을 알았다.

'뱀파이어는 그 피를 매개로 마력을 쌓고 마법을 부리지.'

심장이 감당할 수 없는 벽 너머의 마나를 혈마법의 특성으로 대체하고자 하는 것이다.

만약, 이게 성공한다면?

고대에도 과연 존재했을지 확신할 수 없는, 완전한 8서클을 이루게 될 거란 예감이 들었다.

'마도구 같은 것에 의지할 필요 없는 경지.'

참된 진리의 파편을 엿보고자 했다.

'할 수 있다!'

이루고야 말 것이다.

오랜만의 따뜻한 잠자리였던 까닭일까?

'설마, 이틀을 내리 잤을 줄이야.'

에던은 쓰게 웃으며 길게 기지개를 폈다. 이렇게 수시로 몸을 쭈욱 늘려주면서, 이틀간 굳어있던 몸을 가볍게 풀어주는 중이었다.

"뭐 좀 알아낸 건 있어?"

이틀이라는 시간이 짧지 않다는 걸 알기에, 그는 기상과 동시에 셰릴을 찾아 그처럼 물음을 던졌다.

"전혀."

그녀의 대답이 또 의외였다.

"생각보다 쉽지 않더라고."

셰릴은 그 말과 함께 레일라를 언급했다.

"아무래도 그놈들에게 마법적인 제약이 걸려있는 것 같아서. 그걸 풀기 전까지는 원하는 대답을 듣기가 어렵다고 하더라."

마도의 영역에 이른 레일라가 내린 결론이었다. 때문에 함부로 고문을 하기도 어려웠다.

정보단체에게 이틀이란 기간은, 이런저런 방법들을 사용해 있는 말 없는 말 전부 털어내기에 충분한 시간이었다.

하지만 마법이 끼면 이야기가 달라질 수밖에 없었다.

"얼마나 걸릴 것 같은데?"

재차 이어진 물음에 셰릴이 어깨를 으쓱이며 레일라에게 들었던 내용을 읊었다.

"얼추… 한 달?"

두 눈을 동그랗게 만드는 기간이었다.

뛰어난 마법학자이며, 동시에 마도의 영역에 오른 마법사에게도 그 정도 시간이 필요하다는 게 놀라운 것이다.

"데스 나이트도 그렇게 많이 만들어 내는 놈들이야."

그들이 지닌 마법적 수준 역시도 뛰어나다는 의미였다.

결국, 한 달 남짓의 시간을 이곳에 발목 잡혀 있어야만 한다는 뜻이기도 했다.

하지만,

생각보다 많은 시간이 흘러,

어느새 또 한 번의 새해가 밝아오고 있었다.

5. 파편.

5. 파편.

　언뜻 조용한 것 같으면서도 어디선가는 항상 사건사고가 발생하고 있는 게 현 대륙의 상황이었다.

　거기에는 전쟁과 관련된 이야기들도 있지만, 가문이나 왕실 또는 개인과 연관되어 있는 소란도 여럿 있었다.

　그 중에서 최근 대륙을 가장 뜨겁게 달구고 있는 소란은 한 사람과 연관된 소문이었다.

　[인세의 마왕!]

　감히, 저 어둔 세상의 주인을 칭하는 단어를 그 명성 한 편에 끼워 넣은 존재가 탄생한 것이다.

　게다가 그 정체가 또 충격적이었다.

　[사신, 운트!]

매 해마다 꾸준히 한 차례씩 사건을 터트리며, 그 이름값을 높이고 있는 존재가 언급된 것이다.

아직 젊은 나이로 인해, 여전히 그 실력에 대해 의심하는 이들이 많기는 하나, 시간이 제법 흐른 덕분인지 이제는 그의 실력을 인정하는 분위기가 우세하고 있는 상황이었다.

대륙을 환히 밝히는 일곱 개의 별!

그 별자리를 하나 더 늘려야 한다는 쪽으로 점차 이야기가 잡혀가며, 새 별자리의 탄생을 확실시하고 있는 만큼, 그에 따른 새로운 '권좌' 역시도 본격적인 형태를 갖춰가고 있었다.

[용병왕!]

물론, 이 부분에 대해서는 여전히 말이 많은 부분이기도 했다.

대다수의 용병들이 그 존재를 이미 인정하고 있었지만, 길드 자체적으로 그 같은 부분에 동의하지 않으며 고개를 젓고 외면하려 드는 까닭이었다.

나름 한 지역에서 떵떵거리는 그들이기에, 머리 위로 다른 누군가를 올려놓기가 싫은 것이다.

뿐만 아니라 각국의 왕실에서 은연중에 불어넣는 압박도 있었다.

여전히 그들은 용병들의 왕이 탄생하는 걸 반기지 않는 탓에, 의도적으로 이 부분에 대해서는 말이 많게 만드는 것이다.

이런 와중에 사건이 터진 것이다.

[1대 3000.]

거짓이라는 소리도 많았지만, 그 진실성을 높게 보는 이들도 적지 않았다. 은연중에 그를 '왕'으로써 인정하는 이들이 늘어난 까닭이었다.

당연하게도 또 한 차례 그와 관련된 이야기들이 늘어날 수밖에 없었다.

400년 전의 바르마스 검공이 일천의 기사단을 상대로 활약하며, 일기당천의 무력이란 게 충분히 가능하다는 걸 사람들도 알게 되었다.

하지만 그 수가 무려 세배가 넘어가는 삼천이라면 이야기가 또 달라질 수밖에 없었다.

진짜다. 아니 가짜다.

말이 많은 건 당연한 수순이었지만, 중요한 건 이 사건을 통해 에던의 명성이 올라가고, 자연스럽게 그를 별의 한 자리에 안착시켰으며, 동시에 잊혀지는 것 같던 권좌 역시도 그의 곁을 본격적으로 맴돌기 시작했다는 점이었다.

[왕!]

이미 인세의 마 '왕'이라고 불리기 시작했다.

용병 '왕'이라는 단어가 점차적으로 귀에 담기고 입에 붙으려 하는 것이다.

길드와 각국 왕실로써도 점차적으로 막아내기가 어려워지면서, 결국 인정해야만 하는 순간이 찾아오려 하고 있었다.

"역시… 레드문인가."

사내는 짧은 감탄사와 함께 나직한 한숨소리가 이어졌
다.

머릿속으로 이번 사건의 결과와 그로 인한 여파들이 떠
오른 까닭이었다.

스티이드 트리이벤!

사내는 세톤 왕국의 국왕이자 저 암전의 뿌리들 중 한 자
락을 지탱하는 존재였다.

그에게는 현 상황이 여러모로 달갑지 않을 수밖에 없었
다.

특히, 그의 영역 안에서 사신을 마왕이란 이름으로 불리
게 하고, 동시에 대륙 전역에 그 영향력을 키우는 계기까지
준 까닭일까?

뿌리에서 지닌 발언권이 상당부분 줄어들며, 골치 아픈
상황으로 이어지려 하고 있었다.

물론, 나름대로 대응을 하기는 했으나, 아무래도 레드문
의 움직임이 너무 빨랐다.

과거에도 언급한 바가 있듯, 그들은 정보단체로써의 지
닌바 역량이 비슷하기에, 누가 먼저 선수를 치는가에 따라
서 대부분의 승패가 갈리고는 했다.

당시 현장에 함께하던 셰릴 덕분에 레드문은 즉각적으로
사건 발생과 동시에 정보전에 들어갈 수 있었다.

암전으로써는 뒤늦은 대처를 할 수밖에 없었고, 이미

반응을 보일 즈음에는 사신과 마왕에 대한 소문이 따라잡기 어려운 속도로 달아나는 중이었다.

수습하기는 너무 늦은 것이다.

게다가 이 사건을 통해 지난바 전력 역시도 상당부분 깎여나간 탓에, 발언권 저하뿐만 아니라 뿌리의 영향력까지 일부 소실되는 상황이 발생하고 있었다.

암전의 뿌리 중에서도 가장 두꺼운 줄기를 자랑하는 일곱 권좌의 일인이지만, 이미 뿌리는 그들 일곱만의 세상이 아니었다.

"쯧! 한동안은 좀 사려야겠군."

영향력의 감소는 자칫 쇠퇴와 몰락으로도 이어질 수 있음이었다.

물론, 그간 쌓아온 역사를 생각한다면, 그 정도로 무너진다는 건 말이 안 되지만, 한동안은 필사적으로 숨을 죽일 수밖에 없을 터였다.

하지만 그렇다고 해서 이대로 끝을 볼 생각은 없었다.

'아직 역전의 기회가 없는 건 아니지.'

그 정확한 위치까지는 알 수 없었지만, 에던 일행이 여전히 그의 왕국에 머물고 있다는 걸 알기에, 마지막 한 수 정도는 놓을 수 있을 거라 여겼다.

거기서 어떤 결과가 나오느냐에 따라, 숨통이 트일지 말지도 결정되리라.

문득, 떠오르는 얼굴이 하나 있었다.

[바리센 트리이벤!]

정식으로 왕가의 인장을 받은 건 아니지만, 어쨌든 그의 핏줄을 이은 아이였다.

비록 그 모계의 혈통으로 인해 왕실에 들이지는 않았으나, 충분한 능력을 보인다면 얼마든 그 지위와 위치를 인정해줄 생각도 있었다.

그들의 역사가 그러했고, 그 역시 그렇게 배우며 자라왔기에, 어렵지 않은 일이었다.

때문에 그의 죽음이 가져오는 통증이 작지 않았다.

'쯧! 반쪽이라도 핏줄은 핏줄이라는 거겠지.'

물론, 바리센의 생사여부가 확실시 된 건 아니었지만, 그가 살아있을 확률은 낮을 거란 결론이었다.

"그나저나…."

과연, 어디까지 정보가 알려졌을지, 그 부분이 또 다른 걱정거리였다.

바리센이 비록 그 혈통으로 인해 왕성에서는 인정받지 못했다고는 하나, 암전의 뿌리 내에서는 그의 핏줄로써 나름의 지위를 갖추고 있었다.

지닌바 정보 역시도 적지 않은 것이다.

그 대부분의 내용들이 이곳, 세톤 왕국을 중심으로 하는 정보이기는 하나, 그것만으로도 결코 가볍지 않은 타격이 될 것은 분명했다.

어찌 되었건 뿌리의 정보이기 때문이었다.

그리고 이 같은 부분을 향한 우려가 핏줄에 대한 일말의 감정을 앞서는 것도 사실이었다.

그 때문에 걱정하는 마음이 있으면서도, 당장 움직이기보다 시기를 보고 호흡을 조절하며, 느긋이 기회를 노리는 것이기도 했다.

하지만 뿌리 내부의 분위기를 생각했을 때, 길어지는 기다림이 슬슬 부담으로 다가오는 건 어쩔 수가 없었다.

"슬슬… 움직여야 할 텐데."

마지막 한 수를 위한 준비는 이미 끝난 상황인 만큼, 그 역시도 지금의 기다림이 거슬리기도 했다.

"인세의 마왕이라… 그렇다면 내가 용사가 되어 주지. 큭!"

답답함에 던진 농담이 만족스러웠던지, 희미하니 올라간 입 꼬리는 한동안 내려오지 않았다.

그리고 잠시 후, 이 미소를 그대로 완성시키는 소식이 날아들었다.

[사신, 출현!]

드디어 마지막 한 수를 놓을 시간이었다.

❖ ✛ ❖

새해가 밝고, 어느덧 겨울이라는 계절도 정점에 이른 까닭일까?

대륙 최남단에 자리한 세톤 왕국의 추위는 언뜻 극단의 대지를 연상시킬 수준까지 도달해 있었다.

세톤 왕국 최악의 계절이자 시기가 바로 이때였다.

이맘때만 되면 극단의 대지에만 머물던 특수종들이 슬금슬금 왕국의 국경을 침범하려 걸음을 하는 까닭이었다.

그들 터전과 비슷해진 왕국의 공기가 더더욱 그들 발길에 주저함을 털어버리면서, 국경 수비대의 긴장감이 극도로 올라가는 시기이기도 했다.

하지만 어찌 된 일인지, 이번 겨울은 특수종의 습격이 전혀 없었다. 그 같은 낌새도 보이질 않았다.

의아하고 기이한 일이지만, 긴장감을 늦추지는 않았다. 괜히 방심하다 한 방 맞는 일이 벌어져서는 안 되는 까닭이었다.

극단의 대지에서 어떤 사건사고가 발생했는지 모르는 만큼, 그 같은 긴장감은 이 겨울이 다가도록 꾸준히 유지될 수밖에 없을 터였다.

실제, 과거에도 이처럼 아무런 일도 발생하지 않다가 겨울이 끝날 무렵, 그들 수비대의 긴장이 풀어졌을 즈음, 특수종들이 대규모로 습격해 오던 사건들이 종종 있었던 만큼, 긴장의 끈을 더욱 단단히 조여 매야만 했다.

그리고,

본의 아니게 국경지대를 긴장시킨 이들, 에던 일행은 그 같은 사정을 아는지 모르는지, 느긋하니 새로운 여정을 위한 걸음을 내딛고 있었다.

헌데, 그 일행의 구성원에 일부 변화가 보였다. 넷이던 수가 셋으로 줄어든 것이다.

[여왕의 품위를 위해!]

셰릴이 그 같은 이유와 함께 새해가 밝아오는 아침에 먼저 길을 떠난 까닭이었다.

그들 세상의 품위나 격이라는 걸 증명하자면, 순수하게 강함으로 표현하는 만큼, 일찌감치 스승을 찾아가기로 결심하며 움직인 것이다.

물론, 그 이전에 레드문의 수장으로써 일정부분 조치를 취하기도 했다. 이 부분은 새해가 밝아오던 그 순간까지 쉴 새 없이 업무를 처리하고 대책을 마련해 놓은 상황이었다.

에던 일행은 그녀가 떠나고 이틀 정도의 시간을 더 보내다가 여정에 올랐다.

목적지는 정해져 있었다.

[티브릭샨 왕국!]

이드라반에게 얻었던 칠성좌의 다른 뿌리로써, 이곳 세톤 왕국을 확실히 파헤진 것도 아니건만, 다른 지역으로 넘어가는 건 이미 알 만큼 알기에 내린 결정이었다.

바리센을 통해 얻어낸 정보들이 적지 않았던 것이다.

정보를 가지고 계획을 짜는 건, 굳이 에던이 직접 하지 않아도 되는 부분이었다.

게다가 이전의 전투로 인해, 세톤 왕국의 뿌리가 지니고 있던 전력의 상당수가 소모된 상황이지 않던가.

레드문 자체적으로도 충분히 활약할 수 있단 결론이었다. 때문에 그들이 할 수 있는 걸 굳이 같이하기보단, 차라리 다른 장소에서 사건을 일으키며, 저들의 시선 분산과 동시에 새로운 정보수집과 피해축적에 집중하는 게 낫다며, 셰릴이 그들의 다음 일정을 꾸려주고 떠난 것이다.

그리고 이 같은 여정은 세톤 왕국을 거의 벗어날 즈음, 한 번 더 변화를 맞이했다.

"또 볼 수 있었으면 좋겠군."

드락이 가문으로 돌아가기로 결정한 것이다.

"그간 고생하셨습니다."

에던은 간단한 예를 보이며 드락과 인사말을 나눴다.

갑작스런 드락의 복귀결정은 셰릴의 조언으로 인해서였는데, 바리센에게 알아낸 정보를 토대로, 이참에 남 대륙에 미치는 암전의 영향력을 확실히 제압하고자, 그에게 가문으로의 복귀를 제안한 것이었다.

한 차례 좋지 못한 사건을 겪기는 했으나, 드락의 가문은 헥토산 왕국을 대표하는 창술의 명가였다. 또한, 그 본인은 남 대륙이 자랑하는 초월자이기도 했다.

영향력의 범위가 남달랐다.

[은퇴하시기 전에, 한 번 제대로 불을 뿜어보시죠.]

플레임 스피어의 불꽃이 얼마나 뜨거운지, 세상에 알리

라는 게 어떠냐는 말과 함께 셰릴이 내어놓았던 계획들이 그의 마음을 움직인 것이다.

"헥토산에 들릴 일이 생기면, 꼭 찾아오게나."

그 말과 함께 드락이 떠나갔다.

"…둘만 남았네."

문득, 레일라가 그 말과 함께 에던을 향해 눈빛을 던져왔다. 그 의미를 아는 에던이 슬쩍 헛기침을 던졌다.

드락의 합류로 인해, 한동안 수도승마냥 생활하던 까닭일까?

"크흠… 그러네. 둘만… 흠!"

이번만큼은 격렬히 환영하고 싶은 눈빛이었다. 하지만 그 눈빛은 잠시 더 접어둬야만 했다.

저 멀리서부터 불청객들이 접근해오고 있었다.

불같이 솟구치던 분신이 김빠진 모양새로 추욱 처지는 게 느껴졌다.

"끄응…."

에던의 어깨도 추욱 늘어졌다.

❖ ✛ ❖

암전의 뿌리로써 쌓아온 역사 덕분인지, 세톤 왕국은 그 경계망 역시도 남다른 촘촘함을 자랑하고 있었다.

하지만 그게 레드문의 정보망을 '압도'할 수준이라는 건 아니었다. 그들의 터전이니 만큼 조금은 앞설지 모르겠지만, 절대적일 수는 없었다.

그런 이유로 에던 일행이 굳이 그 몸을 숨기며 이동하고자 했다면, 얼마든 저들의 시야 사각을 활용하며 왕국 밖으로 나가는 게 가능했을 터였다.

쉽지 않은 일이겠지만, 그들은 각자가 별의 영역에 오른 대륙 정점의 실력자들이었다. 레드문이 내어주는 사각지대를 잘 활용한다면, 상황에 따라서는 아예 대륙에서 그 흔적을 지워버리는 것도 불가능한 이야기는 아니었다.

하지만 어찌된 일인지, 에던 일행은 세톤의 정보원에게 일찌감치 발각되어 버렸다.

이는 셰릴의 계획아래 만들어진 상황이었다.

[적당히 시선을 끌어줘.]

사신이라는 존재는 이미 암전의 제 1 경계대상일 확률이 높았다. 때문에 에던을 드러냄으로써 저들 암전의 시야를 어지럽히고자 하는 게 목적이었다.

에던에게 암전의 이목이 집중되는 만큼, 레드문의 요원들이 활동하기가 편해지는 까닭이었다. 그리고 이 의도적인 상황이 제대로 들어맞은 것인지, 에던 일행의 뒤를 추격하는 이들이 있었다.

최초 4인이었던 일행이 3인으로 줄어들고, 이제는 거기서 또 한명이 떠나간 상황이었다.

'더는 기다릴 필요가 없겠군!'

뿌리의 요원 '씨투란 비엘'은 눈을 반짝이며 목표물과의
거리를 좁혔다.

'사신, 운트!'

최근 들어서는 인세의 마왕이라는 명칭으로도 언급되기
시작한 절대적 존재가 온전히 시야에 담겨들었다.

마치 그들을 기다리는 듯, 어느새 걸음을 멈추고는 뒤를
돌아보는 모습에 잠시 긴장감이 일었지만, 뿌리의 일원으
로써 두려움 같은 감정을 내비칠 생각 따위는 없었다.

게다가 등 뒤를 따르는 전력 역시도 믿음직하기에, 긴장
감 위로 자신감을 얹고자 했다.

쫓고 쫓기는 추격전 같은 건 없었던 덕분인지, 금세 목표
물을 따라잡았고, 그 주변을 에워쌀 수 있었다.

❖ ✛ ❖

에던은 어느새 포위망을 갖추는 추격자들을 바라보며 짧
게 물었다.

"레스티피안?"

순간, 추격자들의 선봉에 서 있던 씨투란의 얼굴이 굳어
졌다. 나와선 안 될 단어가 언급된 까닭이었다.

이곳 세톤 왕국의 뿌리들을 칭하는 단어였는데, 고대 남
대륙을 지배하던 대 제국의 '레스티피안'의 후예를 자처하
는 의미로 사용되고 있었다.

실제로 세톤 왕실의 역사가 그곳과 닿아있기도 했다.

'쯧! 바리센 왕자인가?'

길게 생각할 것도 없이, 단번에 누구로부터 넘어간 정보인지 알 수 있었다.

크게 중요한 정보는 아니었지만, 저 같은 단어가 언급되었다는 부분에서, 상황이 생각보다 좋지 않다는 걸 깨달았다.

'결국… 제약을 풀어낸 건가.'

눈살을 찌푸리게 만드는 결정적 이유였다.

'저 여인이겠군.'

그들 뿌리의 정신제약 마법은 일반적으로 사용되는 정신계열 마법과 달리, 고대의 마법학에 기반을 두고 있었다.

적어도 마도의 영역에 이르지 않고서는 해결할 수 없다는 게 그들 암전의 결론이었다.

때문에 정보유출에 대해서는 적잖이 안심하는 부분도 있었다.

하지만 상대가 좋질 않았다.

'마도사라니….'

언뜻, 그런 소문이 돌고 있었다.

[인세의 마왕 곁에는 마도의 불꽃이 피어있다.]

세톤 왕국의 국경 수비대로부터 퍼져 나온 이야기로써, 에던의 전투가 끝난 뒤, 삼천의 시체를 해결하고자 쏟아낸 불의 소나기가 만들어낸 소문이었다.

암전에서도 그 같은 정보를 입수했다.

불비를 내린 존재가 마도의 영역에 발을 들였을지도 모른다는 이야기가 나오고 있었는데, 지금 이 순간 그 같은 의문은 확신으로 굳어졌다.

바리센 왕자의 제약을 풀어냈다는 게 그 증거였다.

'레드문에는 그만한 마법사가 없지.'

마법학의 개념만으로는 어렵다. 온전히 고위마법의 영역에 이른 마법사가 필요한 것이다.

고대 마법에 기반을 둔 까닭에, 그들 스스로도 이 같은 제약을 풀라고 한다면 해제하기가 어려운 게 사실이었다.

그만큼 높은 수준의 마법인 것이다.

이미 암전 자체적으로도 바리센의 제약이 풀릴 경우, 소문의 존재를 마도사로 확정하자는 이야기가 나온 상황이었다.

'…말도 안 되는 전력이었군.'

씨투란은 새삼 사신 일행에 대해 혀를 내둘렀다.

사신 보인도 초월자고 드락 역시도 증명된 초월자였다. 뿐만 아니라 눈앞의 마법사 역시 마도에 오른 초월자로 보였으니, 그야말로 소수 정예이며, 정예 중의 정예라 할 수 있을 것이다.

'일행이 한 명 더 있다고 했었지.'

짐작컨대 다른 일행 역시도 초월자일 확률이 높다고 여겨졌다.

바리센과 브락셀이 트리트피카를 훔쳐보며 얻은 정보가 있기에, 충분히 의심해 볼만한 부분이었다.

겨우 4명이었건만, 그 실상을 알고 나자 이야기가 달라졌다.

초월자가 '무려' 4명인 것이다.

한 차례 뒷목이 저릿해졌지만, 이내 고개를 흔들며 긴장감을 털어냈다. 애초에 초월자 세 명을 염두에 두고 움직였기에, 이 상황에 놀라면서도 당황하지는 않을 수 있었다.

드락과 사신 그 둘을 기본 대상으로 하고, 거기에 더해 소문의 마도사를 경계하며 전력을 짠 것이다.

목 언저리가 풀어지는 느낌과 함께 씨투란이 입을 열었다.

"하나만 묻지. 그대들이 잡아간 이들은 어찌 되었지?"

그의 물음에 에던이 어깨를 으쓱이며 답했다.

"죄 지었으면 벌을 받았을 것이고, 아니면 멀쩡…할려나?"

"으득…."

좋지 않은 결론을 떠올리며, 씨투란이 슬쩍 뒤로 물러났다. 그 순간 포위망을 갖추던 무리들이 한 걸음 앞으로 나섰다.

그들을 바라보던 에던의 눈에 이채가 스쳤다.

"팬텀…인가?"

과거의 기억을 통해 저들의 기운을 읽어내며, 그 정체에 대해 유추를 한 것이다. 확신이 아닌 의문으로 끝을 낸 건,

저들에게서 느껴지는 흐름이 미묘하게 과거의 기억과는 달랐기 때문이었다.

기억 자체가 완전하지 않아서라고 하기에는 저들이 풍기는 기세가 너무 인상적이었다.

게다가 의아한 건 이뿐만이 아니었다.

'스물이라…'

과거, 프록샤 평원의 전투를 기억한다면, 저 숫자는 이해하기가 어려웠다.

1대 1000.

당시 벌어졌던 전투의 내용이었다. 물론, 셰릴과 레일라 덕분에 실제 에딘이 상대한 건 그 일부인 100명뿐이었지만, 그들이 전부 팬텀으로 이뤄져 있음을 생각한다면, 결코 가볍지 않은 전력이었다.

실제로 그 목숨이 위험했을 만큼 아찔한 전투이기도 했다.

'그걸 저놈들이 모르는 건 아닐 텐데.'

암전에서 벌인 일이라고는 하나, 그 내용에 대해서는 저들 역시도 소문으로 들었다. 하지만 그렇다고 해서 그 내용을 전혀 모르는 건 아니었다.

비록 소문에 상상력을 더해 만들어낸 정보라고는 하나, 저들 역시도 일백의 팬텀에 사신에게 당했다는 결론 정도는 내고 있을 터였다. 애초에 상황 자체가 그 외에는 생각하기가 어렵기도 했다.

때문에 이해가 안 됐다.

이전, 일백의 팬텀의 5분지 1밖에 안 되는 숫자만 끌고
왔다?

'모르겠네.'

대체 어떤 준비를 한 것일까?

씨투란의 표정 속에서 분명 숨겨진 무언가가 있을 거란
짐작을 할 수 있었다.

문득, 에던의 동공이 살짝 흔들렸다.

저들 스물의 팬텀에게서 느껴지는 흐름이 과거와 다르다
는 생각에, 더욱 유심히 그들을 관찰하며 살피던 중, 희미
하니 익숙한 흐름을 발견해낸 까닭이었다.

"…망령의 돌?"

의문으로 끝맺는 그의 혼잣말에 씨투란의 미간이 구겨졌
다.

'어찌….'

하나같이 뱉는 단어마다 암전의 기밀들로만 가득했다.

이드라반에게서 알아낸 것이건, 바리센을 통해 얻은 것
이건, 더 이상 중요하진 않았다.

'어차피 처리해야 할 대상!'

이 순간 굳이 죄목을 적으라면, 아는 게 너무 많아서라고
적을 것 같았다.

'레드문에도 경고를 보내야겠지.'

서늘한 안광을 번뜩이던 그가 손을 들어 가볍게 손가락을

튕겼다.

따-닥!

그저 튕기는 게 아니라 일정한 박자를 넣었는데, 이는 팬텀들을 억제하고 있던 주문을 해제하는 신호였다.

"크으으으…."

"끄흐흐흐흐흐…."

뒤이어 무표정으로 일관하던 팬텀들의 눈빛이 돌변하는가 싶더니, 에던과 레일라에게 너무도 익숙한 색채를 띠기 시작했다.

'붉은… 광기?'

에던이 놀란 얼굴로 외쳤다.

"망령의 돌!"

의문이 확신으로 변하는 순간이었다. 동시에 그의 얼굴에 머물던 여유가 날아가고 긴장감이 어리기 시작했다.

[팬텀!]

저들은 앞서 상대했던 바리센과는 달랐다. 그 역시 뛰어난 실력자이기는 했으나, 지닌바 실력보다는 망령의 돌과 같은 외적 지원을 통해 성장을 이룬 경우였다.

하지만 팬텀들은 전혀 다르다.

비록 저들이 시체나 다를 게 없다고는 하나, 저들 하나하나가 왕실 기사단의 단장이나 그와 비슷한 위치의 실력자들이었던 과거가 있었다.

'진짜배기들….'

실력에 육체적 능력까지 더해졌다.

팬텀으로 재탄생되며 이미 그 같은 과정을 겪으며, 하나같이 별의 영역에 한발씩 걸치고 있었다. 거기에 망령의 돌을 통해 또 한 걸음을 내딛었으니, 충분히 초월자라 불려도 이상하지 않을 터였다.

물론, 실제 초인을 상대로 1대1을 한다는 건 무리가 있을 거라 여겼다. 하지만 초인들도 충분히 긴장하며 상대해야 할 상대라는 건 분명했다.

스릉…

에던은 다급히 사자검을 뽑아들며 자세를 잡았다. 그 옆으로 레일라 역시 마력을 일으키며 캐스팅을 준비하고 있었다.

순간,

콰아아앙!

광기에 물든 팬텀들이 일제히 달려들고 에던이 튕겨나갔다. 단순한 몸통 박치기였기에 막아내기는 했지만, 그 강력한 힘에 밀려버린 것이다.

게다가 일견 단순한 것 같았지만, 각자가 정상을 찍었던 실력자들답게, 세심한 움직임들을 더하며 에던의 회피를 방해하면서, 정면으로 막을 수밖에 없도록 유도해왔다.

덕분에 에던은 막아냈음에도 불구하고 적잖은 타격을 입어야만 했다.

"크윽…."

손목에 전달되는 통증에 절로 신음성이 샜다. 인간의 한계를 아득히 넘은 것 같은 육신의 몸통박치기는 말 그대로 흉기 그 자체였다.

공성무기를 정면으로 받은 느낌이랄까?

"실드!"

콰콰콰콰콰콱…

저 한편으로 레일라 역시 공격을 받고 있었다.

다행스럽게도 이미 준비를 하고 있던 덕분인지 무리 없이 막아내기는 했지만, 그 한 번의 격돌을 통해 에던과 레일라가 서로 떨어지는 사태가 벌어져 버렸다.

둘 사이로 팬텀들이 벽을 쌓았다.

그리고 이어지는 공격을 통해, 그들이 누굴 중점적으로 생각하는지 알 수 있었다.

레일라에게 다섯, 에던에게 열다섯!

팬텀이 나뉜 숫자였다.

다섯! 분명히 적은 수였으나, 레일라는 생각 이상으로 무거운 압박감을 느껴야만 했다.

만약 그녀가 순수한 마법사였더라면, 마도의 영역에 오른 초월자임에도 불구하고, 낭패를 보다 최악의 결과로 이어졌을지도 모른다는 생각마저 들 정도였다.

하지만 다행스럽게도 그녀는 정령술이라는 비장의 카드가 있었다.

물론, 그 특별한 힘을 발휘하면서도 저들 다섯의 팬텀을 쉬이 밀어내기는 어려워 보였다.

'좋지 않은데….'

레일라는 실드 위를 두드리는 팬텀의 파괴력을 바라보며, 작게 입술을 깨물었다. 생각보다 상황이 좋지 않다는 걸 깨달은 것이다.

그렇다고 해서 절망적이라는 의미는 아니었다.

시간이 좀 걸릴 뿐, 충분히 감당할 수 있는 영역이라고 여겼다. 이는 그녀뿐만 아니라 에던 역시도 해당되는 이야기일 터였다.

열다섯!

그 수가 만만한 건 아지만, 에던이라면 분명 감당할 수 있는 수준이라고 여겼다.

하지만 그럼에도 불구하고 이 불안감은 무엇일까?

어쩌면 저 뒤편에서 내보이는 씨투란의 미소 때문일지도 몰랐다.

한 차례 크게 마력을 일으켜 밀려드는 팬텀들을 튕겨낸 레일라가 에던을 향해 고개를 돌릴 때였다.

따—악

씨투란이 손가락을 튕기며 짧게 외쳤다.

"익스플로젼!"

그리고,

콰콰콰콰콰콰…

팬텀들의 육신이 폭발하며 화마가 솟구쳤다.

❖ ✛ ❖

[팬텀!]

그들은 여러 의미로써 암전에게는 특별했다.

하나같이 왕실 기사단의 단장 급의 위치를 지니고 있다?

이는 즉 뿌리의 주인들에게 충성을 맹세하며, 열정적으로 그들의 손발이 되어 움직여줬던 이들이라는 의미이기도 했다.

살아서도 죽어서도 충성을 한다고나 할까?

거기에 더해 현자의 돌, 즉 드래곤 하트의 조각이 사용된 실험체이기도 했으니, 그들의 특별함은 남다를 수밖에 없었다.

그런 이유로 인해 저들 팬텀을 '희생양'으로 사용한다는 건, 뿌리의 주인들이라 하더라도 거부감이 드는 건 당연했다.

물론, 그렇다고 해서 그들 팬텀을 배려한다는 의미는 아니었다. 저들이 지닌 확실한 전력이 아쉬웠고, 그 안에 심어진 드래곤 하트의 조각, '돌의 파편'이 아까운 것이었다.

때문에 세톤 왕국의 주인이자 그곳 뿌리의 주인인 국왕 스티이드는 일단 반대의견을 꺼내들었다.

하지만 상황이 이를 허락하지 않았다.

뿌리 내에서의 발언권 감소와 영향력의 축소는 그로 하여금 팬텀이라는 귀중한 자원을 소모하게끔 만들었다.

[돌의 파편과 망령의 돌!]

그 둘을 조합하면 어떤 결과가 나올지, 그런 의문에서 시작된 실험들이 몇 있기는 했다.

하지만 죄다 결과가 좋질 않았다. 어찌된 일인지 하는 실험마다 둘의 조합은 소멸이라는 최악의 결과로 이어졌던 것이다.

때문에 팬텀에게 망령의 돌을 흡수시킨다는 건, 누구도 생각하지 못했다. 아니, 생각 자체를 할 수도 없었다.

이미 나온 결과물들로 인해, 더 이상 돌의 파편을 소모하기 어렵게 만든 까닭이었다.

뿐만 아니라 팬텀이라는 뛰어난 전력을 희생하는 것 역시 옳지 않다는 결론이었기에, 누구도 팬텀과 망령의 돌을 연관시키는 이들이 없었다.

하지만 세톤 뿌리의 연구원들은 이를 집요하게 연구했다. 돌의 파편과 망령의 돌이 상극인 이유를 알아내고자, 오히려 팬텀의 희생을 요구했을 정도였다.

그리고 발견해냈다.

[돌의 파편은 드래곤 하트의 일부.]

말인 즉, 가장 순수한 마나의 정화라는 의미였다.

하지만 망령의 돌은 그 반대였다.

[가장 부정한 마나의 집결체.]

게다가 밤의 귀족이라고까지 불리는 뱀파이어의 혈마법으로 인해 탄생한 만큼, 그야말로 극과 극의 성격을 지니고 있었다.

굳이 비유하자면 빛과 어둠?

딱 그런 느낌이었다.

둘의 마찰이 소멸로 이어지는 건 어찌 보면 당연한 수순일 터였다. 하지만 그럼에도 불구하고 실험과 연구를 거듭하였고, 기어이 자그마한 결과 하나를 뽑아냈다.

'소멸이라는 결과가 나오는 건, 망령의 돌이 불완전하기 때문이었지.'

돌의 파편은 그 불완전성을 더욱 비틀어버렸고, 이내 소멸이라는 결과로 이어져버린 것이다.

그 반대의 경우였다고 해도 상황은 다르지 않았다.

돌의 파편이 지닌 순정한 힘에 망령의 돌이 정화되며, 결국 소멸이라는 결론이 나오는 것이다.

때문에 그 비율만 잘 맞출 수 있다면, 새로운 결과를 뽑아낼 수 있을 거라 여겼다.

하지만 이를 찾기 위해 소모된 돌의 파편이 너무 많았다. 망령의 돌과 달리, 돌의 파편은 더 이상 구할 수 없는 것이니 만큼, 아끼고 또 아껴야만 했다.

세톤 뿌리의 연구원들은 이 부분에서 팬텀의 희생을 강요했고, 기어이 결과를 내어놨다.

[사자를 일으켜 팬텀을 탄생시킨 순간, 돌의 파편은 더

이상 순수하지 않게 됩니다. 그 안에 부정이 일부 깃드는 것이지요. 바로 이 부분이 망령의 돌과의 상극이던 부분을 일부 완화시켜 줄 겁니다.]

부정한 기운이 연결고리가 되어 줄 것이라는 주장과 함께 연구가 시행되었고, 국왕 스티이드가 흡족한 미소를 짓는 성과를 냈다.

스티이드는 이를 비장의 카드이자 최후의 한 수로써 남겨두기로 결정하며, 다른 뿌리의 시선을 피해 등 뒤로 돌려 놓았다.

하지만 사신을 처리하고 약해져버린 입지를 다시 다지고자, 결국 비장의 카드를 꺼내들어야만 했다.

콰콰콰콰콰콰쾅…

씨투란은 땅거죽이 뒤집히고 하늘이 무너져 내릴 것 같은 거대한 폭음 속에서 조용히 미소 지었다.

'팬텀의 소모는 아쉽지만….'

그 덕분에 이처럼 훌륭한 카드 하나를 손에 넣었다. 저건 초월자가 아니라 마도의 영역에 이른 마법사라 할지라도, 제대로 준비를 하지 않는 이상 막기가 어려울 거라 여겼다.

'준비해도 막을 확률은 반반이겠지.'

팬텀을 다섯과 열다섯으로 가른 이유는 간단했다.

다섯이서 망령의 돌 하나를 나눠서 흡수한 까닭에, 다섯이 하나의 '팀'으로 움직이는 것이다.

비록 다섯의 팬텀과 하나의 망령의 돌이라고는 하나,

저들이 보여주는 폭발의 위력도 결코 무시할 수 없었다.

'마도사라고 해도….'

이 갑작스런 폭발은 막지 못했을 거라 여겼다.

사신에게 열다섯을 투입한 건, 그의 능력을 그만큼 인정한 것이기도 했고, 거기에 더해 빠져나갈 여지를 주지 않기 위함이기도 했다.

이번 실험을 위해 사용된 팬텀과 이곳에서 희생된 팬텀을 전부 합한다면, 세톤 왕국은 지니고 있는 팬텀의 대다수를 소모했다고 할 수 있었다.

다른 뿌리와 달리, 세톤 왕국과 같은 최초의 뿌리들은 특히 남다른 전력을 보유하고 있으며 또 숨겨놓고 있었다는 걸 떠올린다면, 그 출혈이 결코 가볍지 않은 것이다.

하지만 이를 통해 암전에서의 영향력과 발언권을 다시 회복할 수만 있다면, 그 타격의 여파를 상당부분 줄일 수 있을 터였다.

'장기적으로 생각한다면, 오히려 이득이지.'

이 실험의 결과를 다른 뿌리에게 조금씩 풀어주며 이를 잘 활용한다면, 도리어 이전의 영향력을 뛰어넘는 위치에 도달하는 것도 불가능한 일은 아니었다.

특히, 그들의 전력이 약해졌다는 부분이 그 같은 가능성을 더욱 높여줄 거라 여겼다.

'방심하게 만든 뒤 찌르는 비수가 가장 짜릿하지!'

그렇게 한창 흥분에 취해 있는 사이, 폭발의 여파가 흩어지며 가려졌던 시야가 밝혀지기 시작했다.

'살 수 있을 리야 없겠지만… 그래도 확실히 해야겠지.'

상대가 상대인 만큼, 눈으로 확인을 해야 안심이 될 것 같았다.

'뭐… 시체조차 안 남았다면, 뭐 어쩔 수 없겠지만. 큭!'

잠시 후, 시야가 확보되고 전장의 풍경이 드러났다.

'흠….'

씨투란의 미간 위로 한 줄기 주름이 새겨졌다. 레일라의 멀쩡한 모습을 본 까닭이었다.

물론, 겉모습과 달리 그녀는 이 한 번의 폭발로 마력이 바닥을 치고 있었다. 입가로는 흘러내리는 핏물이 그 증거였다.

뿐만 아니라 주변을 보호하듯 날아다니던 정령들도 사라져버린 상태였다. 마법과 정령술의 조합을 통해 가까스로 막아낸 것이다.

하지만 그 여파로 무장해제나 다름없는 상황이었다.

씨투란도 단번에 이 같은 부분을 파악했기 때문에 미간의 주름 하나로 감정표현을 마친 것이다.

'용케 그걸 막아냈군.'

상태로 봐서는 그의 손짓 한 번에 얼마든 끝장낼 수 있어 보였기에, 관심을 돌려 가장 중요한 목표물에게로 시선을 던졌다.

그와 동시에 표정이 풀어졌다.

시꺼멓게 타버린 시체 한 구를 발견한 까닭이었다. 팬텀들의 시체일리는 없었다.

'폭발과 동시에 산산조각이 나버리니까.'

결국, 저 시꺼먼 덩어리는 에던의 것이라는 결론이 나왔다.

"그래도 마지막까지 발악을 했나 보군."

검은 덩어리의 모습을 자세히 살폈다.

무릎을 꿇어 검을 바닥에 꽂고 검 면을 전방에 세운 뒤, 몸을 그 뒤로 최대한 쑤셔 넣은 모양새였는데, 검으로 몸을 보호하려는 의도처럼 보였다.

하지만 대검으로도 사람 하나를 가리는 건 어렵다는 걸 떠올려 봤을 때, 결국 불가능한 행위일 뿐이었다.

말 그대로 그저 발악이었다.

"큭…."

짧은 실소와 함께 마무리를 위해 레일라에게 다가가려던 찰나였다.

푸스스스스슥…

돌연, 에던의 시체를 뒤덮고 있던 꺼먼 그을음들이 걷히는 게 보였다. 애초에 저 검은 것들이 그을음이었나 싶은 생각이 들 정도로 기이한 장면이었다.

그 같은 의문이 이어지는 사이, 어느새 완전히 걷혀버린 검은 그림자는 마치 흡수라도 되는 것 마냥, 에던의 검속으로 스며들고 있었다.

신기한 건 검은 그림자를 빨아들이건만, 검신의 색은 잿빛으로 변해간다는 점이었다. 오히려 색이 바래는 느낌이었다.

그리고 뒤이어 드러나는 에던의 모습이 충격적이었다.

"아오… 뒈지는 줄 알았네."

너무나도 멀쩡한 얼굴로 자리에서 일어나 몸을 푸는 등, 태연하기 그지없는 에던의 태도는 씨투란의 안색을 새하얗게 만들기에 충분한 것이었다.

'마… 말도 안 돼!'

이럴 수는 없는 거였다.

'팬텀이… 망령의 돌이….'

외면하며 억눌러왔던 두려움이 부지불식간에 치솟았다. 등허리가 뻐근해지고 양쪽 오금이 떨려왔다.

쿠르르르르르…

순간 에던이 검을 정면으로 세웠고, 사자검이 울음을 토해냈다.

그 사나운 기세가 씨투란의 전신을 두드렸다.

주춤주춤, 뒷걸음질을 치는가 싶던 그가 이내 등을 돌리더니, 뒤도 돌아보지 않은 채 그대로 질주하기 시작했다.

그의 갑작스런 도주에 에던이 헛웃음을 터트렸다.

"하… 쿨럭!"

뒤이어 튀어나오는 핏줄기가 입술 주변을 적셨다.

풀썩…

그리고는 무너지듯 주저앉는 모습에 레일라가 깜짝 놀라
서는 달려왔다.

걱정 어린 그녀의 눈빛에 에던이 쓰게 웃으며 입을 열었
다.

"으… 정말 뒈질 것 같다. 쿨럭!"

그러면서도 기침은 멈추지 않았고, 핏물은 쉴 새 없이 터
져 나왔다. 점차적으로 그 양이 늘어나는 것 같았다.

언뜻 멀쩡해 보이는 외형이었으나, 자세히 살펴보면 사
이사이 무언가가 파고든 흔적들이 비쳤는데, 저 기침과 게
워내는 핏물의 원인도 거기에 있는 듯 보였다.

레일라 역시 몸 상태가 좋지는 않았으나, 급격한 마력 소
모와 정령들의 강제소환으로 인한 타격인지라, 실질적으로
육체적인 부상 정도는 옅었다.

입 줄기를 타고 흐르는 핏물은 과도한 마력 운용으로 인
한 내부의 상처였지만, 적당한 시간을 들여 마력을 안정시
키고 서클을 돌리면 빠르게 회복할 수 있는 부상이었다.

하지만 에던의 부상은 그런 수준이 아니었다.

"괜찮아? 얼마나 다친 거야?"

레일라의 걱정 어린 물음에 에던은 그저 웃어 보일 뿐이
었다. 이제는 대답할 여력도 사라진 까닭이었다.

씨투란을 속이기 위해, 최대한 느긋한 모습으로 여유 있
는 태도를 유지했지만, 실상은 위험천만한 순간이라 할 수
있었다.

사자검이 그의 의도를 파악하고 적절한 타이밍에 울음을 토해내지 않았더라면, 결국 들켜버렸을지도 모를 일이었다.

'무사할 수 있던 것도 사자검의 도움이 컸지.'

팬텀들의 육신이 폭발하며 무시무시한 화마가 그를 덮쳐오던 순간, 사자검에서 검은 그림자가 뻗어 나오며 죽음의 불꽃 속에서 그의 전신을 보호한 것이다.

그 때문일까?

사자검은 마지막 울음을 끝으로 현재 잠들어 버린. 상태였다. 손끝에 전해지는 느낌을 통해서 그 상태를 짐작할 수 있었다.

'설마, 이런 기능이 숨어있을 줄이야…'

에던은 핏물을 쏟아내는 와중에도 사자검의 능력을 새삼 되새기고 있었다.

그럼에도 불구하고 워낙 강렬한 화력에 이 같은 부상을 입어야만 했지만, 그게 아니었더라면 정말로 생의 마지막을 맞이했을지도 몰랐던 까닭인지, 이 심각한 부상 속에서도 다행이라는 생각이 먼저였다.

'이런 상처가 처음도 아니고….'

진창을 구르던 삼류용병 시절에는 복부에 창질을 당해서 시원하게 구멍이 난 상태로도 쉴 새 없이 전투에 투입되는 일들이 허다했었다.

'그리고 이 정도는 마기를 돌리기만 하면….'

거기까지 생각하던 에던의 동공이 옅게 흔들렸다. 기이한 무언가가 몸 구석구석에 박혀서 몸의 흐름을 방해하는 걸 느낀 까닭이었다.

'이건… 또 뭐야?'

눈살이 절로 찌푸려졌다.

그의 머릿속으로 조금 전 상황이 다시금 그려졌다. 사자검의 그늘을 뚫고 박혀들던 무언가가 있었다는 걸 떠올렸다.

내부가 엉망이 된 결정적 원인이었다.

문득, 그 기운이 묘하게 익숙하다는 생각이 들었다.

1년 남짓,

가까이에서 이와 비슷한 기운을 마주했던 기억이 생각났다.

'드래곤!'

그리고 이어지는 단어가 있었다.

'현자의 돌!'

육신 깊숙이 박혀든 것들의 정체가 짐작됐다.

'심장의 파편….'

좀 더 정확히는 망령의 돌에 '오염된 파편'이었으나, 거기까지는 에던도 알 수 없는 영역이었다.

"쿨럭…."

마기가 제 역할을 하지 못하자, 그 역작용으로 부상이 악화되는 듯, 더욱 거친 기침과 함께 핏물이 목구멍을 타고 역류했다.

그와 동시에 정신이 아득해지는 걸 느끼며, 에던의 동공이 뒤집어졌다.

❖ ✝ ❖

드래곤 하트!

가장 순수한 마나의 정수라고도 불리며, 한편에서는 '현자의 돌'이라 부르기도 하는 환상의 가장 정점에 자리한, 마도의 '결정체'였다.

당연하게도 이를 감당한다는 걸, 결코 가벼운 일이 아니었다.

"크으으음…"

에던은 연신 신음성을 내뱉으며 고통을 호소하고 있었고, 그 옆으로 레일라는 걱정 어린 얼굴로 쉴 새 없이 이런저런 마법들을 쏟아내며 치료에 열중하는 중이었다.

외부적인 상처들은 이미 치유가 끝났다. 하지만 내부를 뒤흔들고 있는 특이한 기운들이 문제였다.

중간중간 흘려내는 에던의 이야기를 통해, 그것이 드래곤 하트의 일부라는 걸 알게 되었지만, 그 정체를 안다고 해서 해결이 되는 건 아니었다.

애초에 모르는 것만 못했다.

드래곤 하트라는 것, 그건 무수히 많은 마법을 접하고 또 그만큼 다양한 마법학을 공부한 레일라에게도 낯선 단어였다.

'생각해! 생각… 뭐가 있었지? 뭐가?'

머릿속으로 그와 관련된 정보들을 끊임없이 떠올리고 또 분석을 하려 노력하지만, 그저 망망대해에 빠진 것 마냥, 한치 앞을 볼 수 없는 미지의 영역만이 펼쳐질 뿐이었다.

그 정체를 알고 나자 오히려 더욱 머리가 복잡해지는 느낌이었다.

[답이 없다.]

입술을 짓씹으며 쉴 새 없이 치료마법을 쏟아내는 것, 당장 그녀가 할 수 있는 전부였다.

마법이라는 영역에 한해서 이렇게까지 무력했던 시절이 과연 언제였을까? 생각조차 나지 않을 정도로 이 순간 그녀가 느끼는 절망감을 어마어마했다.

"끄흐으으으읍…!"

쉴 새 없이 통증을 호소하는 에던의 모습이 그런 그녀의 감정을 더욱 부추겼다.

하지만 그의 신음성이 깊어지면 깊어질수록, 어지러이 흔들리던 그녀의 이성은 찬찬히 중심을 잡아가면서, 판단력을 제자리로 돌려놓고 있었다.

어느새 당황하던 모습이 사라진 것이다.

오랜 세월 단련해 온 마법학자로써의 침착함이 위기의 순간 극한까지 발휘되기 시작한 것이다.

여전히 답은 찾을 수 없었다.

하지만 일말의 가능성이라 할 만한 상황은 꾸며낼 수 있지 않을까? 하는 실험적인 혹은 도전적인 가설 또는 망상을 뽑아내기 시작했다.

'실험이라…'

마음을 준 '님'을 상대로 이런 생각을 한다는 게 잠시 꺼려졌지만, 이내 고개를 흔들며 최선에 주목했다.

'아직, 불완전하지만, 그런 걸 따질 때가 아니야.'

레일라는 이 순간 가장 적절한 마법이 무엇인지 추려낼 수 있었다.

'혈마법!'

뱀파이어의 수장인 이드라반에게 직접 가르침을 받았지만, 아무래도 전혀 다른 종류의 마법인데다가 배움의 기간도 레-그라자에서와 달리 짧았던 만큼, 완성도가 상당히 낮았다.

하지만 지금 그녀가 내릴 수 있는 선택지는 그것 밖에 없었다.

현 상황에 합당한 지식이 부족한 만큼, 이를 직접 겪으며 해결하는 게 최선이라는 결론을 내린 까닭이었다.

혈마법이라면 에던과 그녀를 연결시켜주며, 상황을 직접적으로 파악할 기회를 제공해 줄 거라 확신했다.

물론, 부작용 역시 짐작하고 있었다.

"후웁…"

짧게 숨을 고른 뒤 그의 손에 상처를 내고, 자신의 손에도 상처를 냈다. 이내 입술을 질끈 깨물며 두 상처를 겹쳤다.

"흐으읍…."

혈마법을 통해 그와 연결된 순간, 짐작하던 그대로의 고통이 밀려들었다. 예상하고 있던 부작용이었다.

그와의 연결로 인해 그가 느끼는 통증 역시도 넘어올 수 있음을 알았으나, 이 방법이 최선이기에 주저 없이 도전한 것이다.

숨결이 거칠어지며 머리가 어지럽게 흔들렸다. 하지만 이를 악물며 지금 이 순간 필요한 걸 파악하기 위해 혈마법에 집중했다.

그건 마치 폭발하는 화산을 바라보는 느낌이었다.

쉴 새 없이 타오르고 또 솟구치며 에던의 전신 곳곳을 두드리고 있었다.

특히, 그 같은 화산이 한 장소가 아닌 여러 곳에서 끓어오르고 있음에, 이를 통해서 에던의 몸에 박힌 파편을 헤아릴 수 있었다.

그리고 이 시점에서 레-그라자의 공부가 활용되었다.

[원소마법!]

좀 더 정확히는 이를 통해 깨우친 가장 순수한 마나를 살피는 감각이었다.

불과 바람 그리고 물과 대지의 기운 등, 마치 정령들과 그 영력의 본질을 연상시킬 만큼, 자연 그 본연에 닿아있는 흐름을 기억하고 또 찾아냈다.

241

여기에 집중한 이유라면 간단했다.

'탁해….'

성력과도 비견된다던 드래곤 하트의 조각이었건만, 그 기운이 너무도 어두웠음에, 의문과 함께 의심을 하게 된 것이다.

그녀가 읽어왔던 옛 문헌들이 잘못 된 것일까?

'아니. 그럴 확률은 낮아.'

상당량의 서적을 읽어왔고, 거기에서 이야기하는 내용들이 하나같이 닮아있음에, 그녀가 아는 지식이 잘못 되었다는 생각은 들지 않았다.

어디서부터 어디까지 진실이고, 또 얼마나 거짓이 섞여있는 내용인지는 모르겠으나, 그 많은 이야기들이 하나같이 거짓만 이야기한다고 생각하지는 않았다.

진실에 가까우리라 여겼다.

그렇다는 건 결국 저 파편들에 이상이 생겼다는 의미일 것이다.

문득, 떠오르는 단어가 있었다.

'망령의 돌!'

앞서 전투에서 에던이 언급했던 걸 기억해 낸 것이다. 그녀 역시도 잠시나마 그에 대한 경험이 있었고, 거기에 더해 직접적으로 팬텀들의 폭발을 받기도 했었다.

기억을 떠올리는 순간, 그 부정한 흐름을 되새길 수 있었고, 좀 더 정확하게 에던 내부의 변화를 인지할 수 있었다.

쉴 새 없이 입술을 짓씹으며, 그 기운을 통제하고자 노력했다.

"끄흐으으읍…."

순간적으로 터진 에던의 신음성에 잠시 놀라기는 했으나, 이미 그가 빈사상태라는 걸 알기에, 손을 떼기보다는 오히려 더욱 작업에 열중했다.

'드래곤 하트….'

알려지기로는 그 순수성은 성녀의 신성마법과 다를 게 없어, 그저 품고 있는 것만으로도 모든 질병이 물러가고, 죽음의 그늘이 걷히며, 생명의 기운이 넘쳐난다고도 알려져 있었다.

실제, 고대의 역사에서는 드래곤을 최초의 신이 내린 사자라고 불리기도 했었다.

여기서 중요한 건, 성력과 비유가 된다는 점이었다.

고대 역사보다는 너무나도 순수한 그 기운으로 인해, 그 같은 이야기들이 언급되고는 한 것인데, 이런 부분이 문제로 작용한 것으로 비쳐졌다.

에던의 내부에 흐르는 기운이 무엇이던가.

[마기!]

성력과도 비견되는 그 기운과는 상극일 거라 여겼다. 거기에 더해 망령의 돌이 지닌 부정한 기운까지 파고들었으니, 독을 삼킨 것이나 다를 게 없을 터였다.

잠시간의 갈등 그리고 선택!

그녀가 혓바닥을 짓씹으며 피를 냈다. 그리고는 에던의 입술 위로 그녀의 입술을 덮었다.

손과 손이 아닌 입에서 입으로!

혈마법의 가장 전통적인 통로를 연결시킨 것이다. 그 흐름이 한층 선명히 느껴지면서, 동시에 통증 역시도 배가되는 걸 느꼈다.

그 상태에서 마치 뱀파이어처럼, 혹은 서큐버스 마냥, 에던의 정기를 탐하듯 그의 입술을 탐하고 타액을 삼키면서, 그렇게 그의 내부 깊숙한 불덩이를 빨아들였다.

그렇게 입과 입술을 마주한 채, 서로의 호흡을 진하게 나누면서 길고 긴 밤이 흘렀다.

❖ ✛ ❖

꿈을 꿨다.

그것은 아득한 먼 과거로부터 내려오는 잔상과도 같은 것이었다.

허나 분명히 존재했던 사건이며 사고였다.

'이건… 검의 기억!'

오래지 않아 그것이 무엇이고 어디서부터 왔으며, 어떻게 연결되는 것인지 깨달았다.

꿈의 시작부터 쭈욱 함께하는 검의 존재를 깨우친 까닭이었다.

그리고 이를 인지했을 때,

어둠이 물러가고,

세상이 밝아왔다.

"으음…."

에던은 나지막한 신음성과 함께 눈을 떴다.

지난밤의 고통을 알기에, 시야를 회복함과 동시에 깜짝 놀라야만 했다.

'멀쩡…하네?'

황급히 몸을 일으키는데, 그러다가 또 한 번 놀라며 눈을 부릅떠야만 했다.

어찌 된 일인지 그의 곁으로 레일라가 알몸으로 누워있는 것이 아닌가. 야릇한 그녀의 나신에 살짝 가슴이 뛰었다.

잠시 뒷머리를 긁적이다 슬쩍 그녀의 몸 위에 옷가지를 덮어준 뒤 자리에서 일어났다.

그 역시 알몸이었지만 지금 당장 신경 쓰이는 건 그런 게 아니었다.

'왜 이렇게 가벼워?'

날아갈 것 같은 몸 상태가 그를 의아하게 만든 까닭이었다. 지난밤의 고통을 기억하기에, 이 갑작스런 변화가 낯설 수밖에 없었다.

그렇게 이리저리 몸을 체크하던 중, 에던의 동공이 크게 부릅떠지는가 싶더니, 전신 가득 경련을 일으켰다.

'이… 이건….'

일순, 착각은 아닐까 의심도 했다.

"…맙소사!"

하지만 오래지 않아 그가 느끼는 게 진실이라는 걸 깨달았다.

"오러…홀?"

언제나 공백이 느껴지던 그 자리에 알 수 없는 온기가 감돌고 있었다.

"맙소사!"

연신 터져 나오는 환희와 감격의 외침에 한편에서 잠들어 있던 레일라가 깨어났다.

피로한 모습이 역력했는데, 긴 밤 그의 품 안에서 고통과 쾌감의 어지러운 감각을 만끽했던 까닭인지, 잠깐의 수면만으로는 그 잔재를 전부 떨치기가 어려웠던 것이다.

눈꺼풀이 무거운 듯, 그녀는 반쯤 감긴 눈으로 에던의 기뻐하는 모습을 바라보다, 그 이유를 짐작하고는 짧게 실소했다.

'오러홀 때문이겠지.'

다시 생각해봐도 그건 실로 기적과도 같은 일이었다.

지난밤,

본격적으로 그의 치료가 시작되었을 때, 그녀는 놀라운 경험을 하게 되었다.

에던의 내부에 박혀있던 파편들이 갈라지는 걸 느낀

것이다.

좀 더 정확히는 나뉘었다고 봐야 옳았다.

레일라가 일으킨 혈마법의 영향일까?

애초에 돌의 파편과 망령의 돌이 지닌 조합율은 그리 좋질 않았었다.

세톤 왕국 뿌리의 연구원들이 이를 강제적으로 접합시키고 억지로 모양새를 잡아놓은 것뿐이었다.

언제든 상황만 만들어 진다면 떨어지는 건 문제가 아니었다.

그리고 이 같은 상황을 레일라가 만들어줬다.

[혈마법!]

애초에 망령의 돌의 핵심적 요소가 바로 혈마법이 아니던가. 레일라가 직접적으로 에던과 '접촉' 하자, 그 핵심적 요소가 자극받으며 끌려나온 것이다.

물론, 억지라고는 하나 나름 형태를 잡아놓은 까닭에, 갈라지는 충격이 만만치 않았고, 그 때문인지 이 즈음에 에던과 레일라는 함께 비명성을 내질러야만 했다.

그리고 여기에서 또 한 번 반전이 일어났다.

[마기!]

에던의 내부에서 궤도를 잃어버린 듯, 방향을 잊어버린 듯, 두서없이 서성이던 그의 기운이 갈라져버린 파편의 기운들을 삼키기 시작한 것이다.

좀 더 정확히는 망령의 돌의 기운이었다.

마치, 드래곤 하트의 조각 때문에 제 길을 찾지 못했다는 듯, 둘로 갈라지자 기다렸다는 듯 부정한 기운들을 쓸어갔다.

그러자 남게 된 드래곤 하트의 조각이 레일라에게로 끌려왔다.

반전에 반전이 거듭되고, 기적이 일어났다.

[오러홀의 복구!]

에던에게는 항시 응어리가 되었던 과거의 아픔이 치유된 것이다.

뿐만 아니었다.

[마력의 증가!]

그녀, 레일라 역시도 새로운 변화를 맞이하게 되었는데, 이는 여러모로 그녀에게는 중요한 사건이었다.

'내 가설이 맞았어!'

마도의 영역을 넘어서기 위해, 그녀가 여러 마법들을 접하고 혈마법까지 손을 뻗치고자 했던 결정적인 이유, 그 '가설' 이 입증된 것이다.

혈마법을 통해 드래곤 하트의 조각들이 그녀에게로 넘어왔다.

바로 이 '혈마법을 통해' 라는 부분이 중요했다.

'이 느낌… 마나… 마력… 혈마력!'

그녀의 핏속으로 마나가 흐르고 있었다. 그것도 무려 드래곤의 마나였다. 혈마법을 통해 혈마력으로 정제되어 그녀의 핏속에 잠겨든 것이다.

에덴과는 또 다른 기적이었다.

[한계 영역의 확장!]

그녀가 읽어왔던 많은 서적들은 말한다.

[마도의 경계를 넘어 현자라 불리는 영역에 닿기 위해서는 마도구의 도움이 필수다.]

허나, 지금 이 시대에는 그처럼 뛰어난 수준의 마도구는 존재하지 않았다. 때문에 그녀는 다른 방향으로 그 한계영역을 넘어서고자 했다.

이를 위해서 수많은 마법들을 살피고 관찰하며 또 익혔다.

그리고,

드디어 그 중 하나가 바라던 꽃을 피운 것이다.

'뭐… 아직 갈 길은 멀지만.'

여전히 그녀의 서클은 일곱 개에 멈춰있었지만, 이번 사건을 계기로 가능성을 얻었다는 게 중요했다.

6. 오르다.

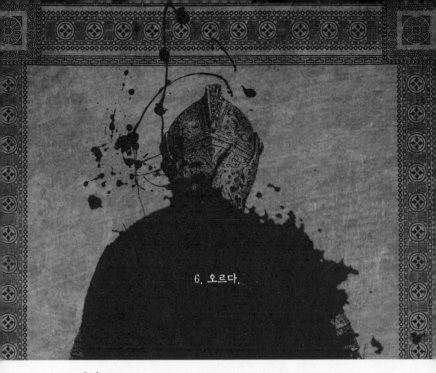

6. 오르다.

콰앙!

거칠게 내려치는 주먹에 책상이 산산조각이 났다.

"실패… 했다고?"

세톤의 국왕 스티이드의 얼굴 가득 사나운 주름살이 새겨졌다.

한껏 흉측하게 구겨진 그의 인상에, 씨투란의 고개가 바닥을 파고들 듯 내려갔다.

"까드드득…"

귓전을 스쳐드는 스티이드의 이가는 소리에 뒷목이 서늘해졌다.

어쩔 수 없었다.

'쓸데없이 나서는 게 아니었는데….'

사신을 처리하기 위한 계획에 한 발 이상 걸치고 있는 까닭에, 상황이 좋지 않음을 인정해야만 했다.

뿐만 아니었다.

팬텀들을 희생시킨 실험 역시 한 발 이상 담그고 있지 않던가. 여러모로 좋지 않았다.

자칫 이번 사건을 빌미로 그의 가문 자체가 파멸에 이를지도 몰랐다. 그간 암전의 뿌리를 지키는 일원으로써, 적잖은 이득을 챙겨왔고, 그 같은 혜택들이 알게 모르게 가문으로 흘러들어갔다.

그 모든 걸 토해내다 못해, 박살이 날지 모르는 상황인 것이다.

암전의 뿌리를 지키는 일원이기에, 그가 가문의 주인이 될 수는 없었다. 당연하게도 국왕의 자리에 있는 스티이드와는 처한 입장이 달랐다.

하지만 지닌바 위치에서 충분히 누릴 수 있는 것들을 누리며 살아왔다.

그 때문에 모든 게 물거품이 될지 모를 지금 현 상황이, 더더욱 두렵게 다가오는 것일지도 몰랐다.

대체 무엇이 잘못 된 것일까?

결론은 하나뿐이었다.

'사신….'

상대가 좋질 못했다.

'설마, 거기서 살아나올 줄이야.'

팬텀들의 실험과 그 결과에 대한 자부심이 남달랐기 때문에, 폭발이 발생하던 순간 그 결과에 대해 의심하지 않았다.

'하지만… 목표물은 살아남았지.'

자부심과 더불어 결과에 대한 믿음이 컸던 까닭일까? 그에 대한 반작용으로 공포심이 크게 부각되며 그를 도주로에 올려놓았다.

그리고 뒤늦게 그 부분에 대해 후회를 거듭해야만 했다.

'좀 더… 제대로 확인을 했어야 하는 것인데.'

도주하던 와중에 깨달았다.

[왜 쫓아오지 않지?]

혹시나 하는 마음에 돌아갔고, 공터가 되어버린 전장 한가운데 시뻘겋게 물든 대지를 확인할 수 있었다.

목표물이 마지막까지 서 있던 장소였다.

대지를 가득 적신 붉은 색채를 통해, 핏물을 대량으로 쏟아냈음을 짐작할 수 있었고, 이를 통해서 그가 겉보기와는 달리 심각한 부상을 입었음을 알았다. 급히 주변을 살피며 추격을 재개했지만, 안타깝게도 목적을 이룰 수는 없었다.

'으득… 빌어먹을 마법사!'

마도의 영역에 이른 실력자가 함께하고 있던 걸 떠올리며, 무거운 걸음으로 발길을 돌려야만 했다. 그런 존재가

255

숨고자 하면 찾을 도리가 없는 까닭이었다. 물론, 은은히 남아있는 공포심도 제법 큰 작용을 했다.

그 이후 보고를 올리고, 지금의 상황에까지 이른 것이다.

"지금 이 따위 결과를 가지고서, 내게 자비를 바라는 건 아닐 테고… 당연히 각오는 하고 있겠지?"

씨투란은 최후통첩과도 같은 스티이드의 발언에 이를 악물며 입을 열었다.

"자… 잠시만, 유언이라 생각하시고 제 이야기를 잠시만 들어주십시오!"

그간 해 온 공로가 있기에, 스티이드도 일순 주춤할 수밖에 없었고, 이내 고개를 끄덕이며 시간을 허락했다.

"…그래. 한 번 지껄여 봐."

기회를 얻었으나 체한 듯 급하게 입을 열지는 않았다. 씨투란은 한 호흡 여유를 둔 뒤, 침착하게 준비한 이야기를 꺼내들었다.

"비록 사신을 잡는 건 실패했지만, 성과가 전혀 없었던 건 아닙니다."

당연하게도 스티이드의 눈살이 찌푸려지며, 다시금 성난 주름살이 얼굴 가득 올라오기 시작했다.

하지만 당황하지 않으며 침착히 이야기를 이어갔다.

"그간 저희들이 해 왔던 연구의 성과를 확인하는, 소기의 목적은 이뤘기 때문입니다."

두 마리 토끼를 전부 잡는 건 불가능했다. 하지만 상황을 해석하기에 따라서는 한 마리 정도는 어찌어찌 잡아낼 수 있을지도 몰랐다.

이를 위해서 선택한 게 팬텀에 대한 연구 '결과'였다.

"제 불찰로 인해 사신을 놓친 건 분명한 일이나, 당시 그 역시도 심각한 부상을 입었다고 확신하고 있습니다."

현장에 대한 보고도 이미 올린 상황이었다. 애초에 지금 이 한 번의 기회를 위해 선택하고 써내려간 보고서였다.

사신을 처리하기 위한 목표는 실패했다.

그렇다면 팬텀에 대한 실험 역시 실패일까?

'그건 아니다!'

목표물을 제거하지 못했으나, 여전히 실험에 대해서는 자부심이 있었다.

사신은 분명 치명상을 입었고, 함께하던 마도사 역시 위험에 빠졌다는 것, 이를 연신 언급하며 강조하고 또 강조했다.

초월자를 상대할 수 있는 파괴력!

당연하게도 그 상황에서 도주를 선택한 씨투란의 죄가 커질 수밖에 없으나, 실험에 대한 의심을 털어낸다면 최악은 피할 수 있을 터였다.

앞서 언급되었듯, 팬텀들의 실험 역시도 깊게 관여하고 있는 까닭이었다.

"흐음…."

과연, 효과가 있었던 것일까?

이야기가 끝을 맺었을 때, 스티이드의 얼굴은 조금 복잡해진 상태가 되어있었다.

실험에 대한 의심이 접어든다면, 이를 통해서 뿌리 내부의 발언권을 상당부분 지켜내는 게 가능했기 때문이었다.

물론, 최초의 계획처럼 기존의 영향력 이상을 노리는 건 무리겠으나, 실험이 실패만 아니라면 상당부분 회복하는 건 문제도 아닐 터였다.

'애초에… 그 이상한 검만 아니었어도, 사신도 충분히 제거할 수 있었을 텐데.'

당시의 상황을 수십 수백차례 되새긴 결과, 목표물이 사용하던 검이 마도구일 확률이 높다는 결론을 내린 상황이었다.

'겉보기에는 평범해 보였지만, 오히려 그게 속임수일지도 모르지.'

이 부분에 대해서는 보고서에 언급하지 않았다.

"흐음… 마법검이란 말이지."

호기심을 보이는 스티이드의 모습에 씨투란은 조용히 미소 지었다.

'먹혔다!'

지금 이 상황에 적절히 사용하고자, 보고서에 올리지 않은 채, 아끼고 또 아낀 정보였다.

탁… 탁… 탁…

박살나버린 책상위로 스티이드의 손가락이 붙었다 떨어졌다. 가볍게 두드리는 소리였지만, 이상하게도 귓전을 파고든다고나 할까?

씨투란은 묘한 긴장감 속에, 아직 안도하기 어렵다는 생각을 했다. 저 별 것 아닌 두드림에 적잖은 힘의 파동을 느낀 까닭이었다.

그 같은 불안감이 얼굴에 드러났던 것일까?

"표정이… 아주 볼만하군."

스티이드가 그 같은 말과 함께 가벼운 실소를 날리는 게 보였다.

'됐다!'

함께한 시간이 있기 때문에 모를 수가 없었다. 저 표정은 그에게 구명줄이 내려올 징조와도 같았다.

"자네에게는 실망이 이만저만이 아니야. 하지만…."

말끝을 흐리는 스티이드의 모습에 조심스레 고개를 숙였다. 안도의 순간 표정이 풀어지는 걸 감추고자 함이었다.

"그간 자네가 내게 보여준 충성과 다양한 가능성들을 나는 기억하고 있다네."

정중해진 음성과 어투에서 희망이 싹텄다.

"그러니 자네 하나의 목숨으로 끝을 맺도록 하지."

순간, 잘 못 들은 건가 싶었다.

"가문은 멀쩡할 걸세."

부드러운 음성과 함께 스티이드가 씨투란의 어깨를 두드렸다. 씨투란은 다급히 말문을 열어 생존을 위한 외침을 토해내고자 했으나, 그저 입만 뻐끔거릴 뿐 목소리가 나오지 않았다.

따끔…

뒤늦게 어깨에서 밀려오는 통증이 있었다.

'아…'

그제야 깨달았다.

"잘 가게."

이미 스티이드의 처벌을 내려졌고, 그는 죽어가는 중이라는 걸 알게 되었다.

흐릿해지는 시야 너머로 스티이드의 손이 보였다. 자그마한 바늘 하나가 그 손가락 사이에 끼어있었다.

아마도 저기에는 '독'이 묻혀 있었으리라.

'…젠…장!'

무너져 내리는 씨투란을 뒤로 한 채, 스피이드는 방을 나섰다.

"유언 잘 들었네."

쿵…

문이 닫히고 싸늘한 침묵과 함께 짙은 죽음의 그림자가 방안 가득 내려앉았다.

밀실을 나온 스티이드는 뿌리의 일원이 아닌 세톤의

국왕으로 돌아와, 위엄 넘치는 모습으로 복도를 거닐었다.

'흐음… 실험이 실패만 아니라면, 최악은 면할 수 있겠군.'

그렇다고 해서 당장 상황이 나아졌다고 볼 수는 없었다. 적어도 얼마간은 발언권이 줄어드는 걸 지켜봐야 하는 까닭이었다.

'사신, 운트….'

떠올리는 것만으로도 이가 갈리며 열불이 치솟는 이름이었다.

하지만 꾸욱 눌러 삼켰다.

'그래. 티브릭샨 왕국으로 향하고 있단 말이지.'

씨투란에게서 올라온 보고서를 통해, 사신의 이동방향을 읽었고 목적지가 어딘지 예측할 수 있었다.

지금은 화를 참으며 숨을 죽여야 할 순간이었다.

'일단은….'

만약, 저들이 예상 목적지로 향한다면, 분명 티브릭샨 왕국에서도 소란이 일어날 게 분명했다.

그 시기에 맞춰 움직여도 문제될 게 없을 터였다.

❖ ✛ ❖

생각해보면 크게 특별할 건 아니었다.

'뭐… 마기를 사용할 수 있으니까.'

에던은 이미 마경을 열어 성기사 혹은 몽크와 비슷한 방식으로 육신을 강화하고, 거기에 더해 초월적인 파괴력까지 얻어낸 상황이었다.

더는 오러홀이 중요하지 않은 것이다.

하지만 그럼에도 불구하고 오러홀의 복구에 기쁨을 감추지 못하는 건, 아무래도 어린 시절부터 새겨온 가슴 속 명울이 생각보다 진했던 까닭이리라.

오러홀이 없기에 오러를 사용할 수 없었고, 그 때문에 당해야만 했던 고통들이 응어리져, 쌓이고 또 쌓여온 것이다.

아픔이요 슬픔이며 설움이었다.

물론, 이런 이유를 제외한다고 해서 아무 의미가 없다는 건 아니었다.

오러홀이 자리함으로 인해, 에던은 좀 더 폭발적인 파괴력을 발휘할 수 있게 되었고, 굳이 마경을 열지 않아도 초인적인 괴력을 유지하는 게 가능해졌다.

마경을 연다는 건, 과거처럼 표현하자면 각성감각의 활성화가 이뤄진다는 것과 같았고, 이는 정신적으로 상당한 부담감이 될 수밖에 없었다.

벽을 넘고 경지에 오르며 이 같은 부분에 적잖게 적응하고 또 면역이 되었다지만, 그래도 '예지'에 가까운 감각의 활성화는 마치 은은한 두통이 이는 것 같은 불편함을 주는 것도 사실이었다.

게다가 오러홀이 존재한다는 건, 육체 내부에 일종의

쉼터가 마련되어 있다는 것과 같았다.

마치 전령들이 말을 갈아타듯, 내부의 기운들이 오러홀을 거치며 한 차례 휴식을 취하고 또한 도약의 발판을 마련하기도 하는 까닭에, 이전보다 더욱 빠르고 강한 힘을 발휘할 수 있을 터였다.

물론, 에던은 자신의 내부에 있는 게 일반적인 오러홀과는 다르다는 걸 잘 알고 있었다.

'치료되었다고 하기 보다는….'

부서진 그릇의 자리에 새로운 그릇을 올려놓은 것 같다고나 할까?

[망령의 돌!]

황당하게도 에던의 내부에 새로 만들어진 그릇은 바로 그 부정한 기운의 결정체였다.

언뜻, 망령의 돌이 뱃속에 들어앉은 것처럼도 보였다.

그렇다고 해서 부정한 기운들이 속에서 끓고 있는 건 아니었다. 한숨 자고 일어났을 때, 그 같은 그릇된 흐름들은 이미 바로잡힌 채, 그의 내부에 새로운 모습으로 자리하고 있던 것이다.

어쩌면 암전의 뿌리에서 바라고자 하는 가장 이상적인 형태를 그의 내부에서 갖춘 것일지도 몰랐다.

여러모로 특별한 의미를 지닌 것이다.

게다가 경사스런 일은 이뿐만이 아니었다.

'검의 기억!'

사자검의 꿈을 공유했고, 이를 통해서 그토록 바라던 영역에 발을 들일 수 있었다.

'드디어…'

별의 영역 그 너머의 세상이 온전한 모습을 드러낸 것이다.

지금 이 순간,

하늘이 그의 발길을 허락했다.

※ ✢ ※

추격자들이 따라붙었다.

의도하고 또 짐작하고 있던 부분이기에 크게 문제될 건 없었다.

내심 자신이 있기도 했다.

초월자가 무려 둘!

중간에 드락이 빠져나가기 전에는 무려 셋이었다. 당연히 자신만만할 수밖에 없었다.

특히, 별의 영역 너머로 향하는 에던의 실력까지 생각한다면, 부족하다고 느끼는 게 이상할 정도였다.

하지만 그럼에도 불구하고 한 방 크게 먹었다.

팬텀 그리고 망령의 돌!

그 둘의 조합이 이토록 치명적일 것이라고는 생각도 못했던 까닭이었다.

암전의 비수가 위협적일 거라고 생각은 하고 있었으나, 별빛을 이 정도로 가릴 줄은 상상치 못한 것이다.

때문에 잠시 갈등이 생길 수밖에 없었다.

[계획 변경!]

셰릴이 준비한 일정을 고쳐야 하는 건 아닐까?

적지 않은 갈등 속에서 고민을 거듭했지만, 결국 그 같은 생각을 거두며 기존의 계획을 따르기로 했다.

굳이 그 이유를 따지자면, 이번 경험이 아픔이었지만 동시에 성장이었기 때문이었다.

에던은 별의 영역 너머에 올랐다.

레일라는 마도를 온전히 품었다.

둘 다 적잖은 성장을 한 것이다. 특히, 레일라의 경우에는 완성도가 낮던 일곱 번째 서클이 온전하게 틀을 잡았을 뿐만 아니라, 혈마법의 특성에 따라서 그 핏속에 상당량의 마나가 흐르기 시작했다.

지금 당장은 적응도 필요하고, 온전히 사용하기 어려운 부분도 많았으나, 마도의 영역 그 너머로 발돋움을 할 때, 커다란 잠재력이 되어 그녀의 발을 받쳐줄 거라 여겨졌다.

둘 다 적어도 반걸음 이상씩은 내딛은 것이다.

성장은 새로이 자신감을 불러왔다. 앞서 경험을 통해 자만하지 않도록 스스로를 채찍질 하면서도 움츠러들지 않을 기력도 얻을 수 있었다.

때문에 잠시 주춤하던 그들의 발걸음에 다시금 활력이 깃들었고, 최초의 계획대로 재차 암전의 시야 한편에 모습을 드러내기 시작했다.

암전의 감시망에 틈틈이 얼굴을 비치며 그 경로를 알리는 건, 앞서 언급했던 저들의 시선을 끌기 위함이었다.

드러내놓고 알리는 건 아니지만, 이처럼 은밀히 그 동선을 비쳐주는 건, 암전으로 하여금 여러 생각을 하게 만들 터였다.

그들의 움직임이 속임수인지, 아니면 진짜인지부터 시작해서, 어떤 의도를 지니고 있는가에 대해서까지 생각하고 분석하느라 정신이 없을 게 분명했다.

그간 비쳐준 움직임들이 많은 건 아니었지만, 암전의 능력이라면 티브릭샨을 향하고 있음을 짐작하는 건 어렵지 않을 것이다.

이 부분이 암전을 혼란스럽게 만드는 것이다. 에던이 레드문과 함께한다는 건 이미 알고 있기에, 이들의 움직임이 일종의 낚시질이 아닐까 하는 의심을 할 수밖에 없었다.

하지만 더욱 놀라운 건, 그리고 이런 의심과 경계는 더더욱 저들 행동을 조심스럽게 만들었고, 에던은 여유롭게 티브릭샨에 입성할 수 있었다.

당황하는 와중에도 시선은 더욱 집중되었다.

과연, 그 의도가 무엇인가?

암전의 수많은 대적자들 중에서 가장 위협적인 존재로 거듭난 만큼, 에던의 행동 하나하나에 신경이 쓰이는 것이다.

특히, 티브릭샨 왕국이 그들 뿌리의 중심지 중 한곳인 만큼, 이목이 집중될 수밖에 없었다.

그리고 이 같은 부분들이 더더욱 레드문과 루딘을 비롯한 또 다른 암전의 대적자들에게 여유를 부여해 줄 터였다.

에던은 이를 상기하며 목적지를 향해 걸음을 옮겨갔다. 낯선 거리였으나 왠지 모르게 익숙한 분위기가 주변에 넘실거렸다.

"이런 분위기도 오랜만이네."

그리고는 쓰게 웃었다.

요 몇 년 동안은 암전과의 대립으로 인해 과거와는 다른 움직임을 보여 왔었다. 때문에 낯설면서도 익숙한 풍경이 반가우면서도 서글펐다.

과거를 떠올리게 만드는 까닭이었다.

가장 낮은 밑바닥의 진창을 헤매던 당시, 그 역시 저 풍경의 일부가 되어 이 퀴퀴한 냄새의 일원으로 굴러다녔다.

[용병 거리!]

좀 더 정확히는 용병 길드라고도 불리는 그들의 영역에 발을 들인 것이다.

누가 따로 용병거리라고 지정한 것도 아니건만, 용병 길드가 들어앉고 험상궂은 인상의 사내들이 하나 둘 자리를 잡기 시작하자, 이곳 거리를 찾는 일반인들의 발길이 끊길 수밖에 없었다.

자연히 용병 거리라고 불리며 길드 주변의 풍경과 분위기가 기존의 것과 다른 모양새로 변화하기 시작한 것이다.

갑작스런 이방인의 출현에 거리 곳곳에서 시선이 날아들었다.

하지만 이목의 집중은 오래가지 않았다. 에던의 복장을 확인하고는 그가 동류임을 깨달은 것이다. 타지에서 온 용병이라는 추측 정도가 그들이 생각하는 전부였다.

물론, 경계하는 눈빛들이 몇몇 남아있기는 했다. 같은 용병이라고는 하나, 에던이 외부인이라는 건 분명한 사실이기 때문이다.

게다가 이들의 시선을 잡아끄는 결정적 요소가 따로 있었다.

레일라!

바로 에던과 함께하는 그녀의 존재가 저들의 경계심을 한층 키우고 있었다.

그녀의 외모 때문이 아니었다. 현재는 로브를 깊게 눌러쓴 까닭에, 여인이라는 것도 제대로 밝혀지지 않은 상황이었다.

물론, 그 외모가 드러난다면 한 차례 시비가 일어날 수도 있었다.

용병들의 특성을 잘 아는 만큼, 미녀 앞에서 거드름을 피우고 싶어 하는 이들이 제법 있는 까닭이었다.

하지만 일단 당장의 상황은 '마법사'라는 부분 때문에 저들이 경계하는 것이다.

[마법사는 로브!]

'이 동네에서는 그게 기본 공식이니까.'

에던은 그리 생각하며 쓰게 웃었다.

무조건적으로 로브와 마법사를 연관 짓는 건 아니었지만, 대개 로브를 쓰고 용병 거리를 거닐게 되면, 어느 정도는 시선을 받을 수밖에 없었다.

그 이유를 들자면 아주 간단했다.

'마법사들은 기본적으로 괴팍하다는 이미지 강하니까.'

용병들은 실제로 그 같은 마법사들을 적잖게 경험한 이들이 많았다. 용병들 사이에도 마법사는 존재하기 때문이었다.

이 같은 이유를 생각해 봤을 때, 저들의 경계는 어찌 보면 당연한 반응이라 할 수 있었다.

'하지만… 꼭 그것 때문만은 아니지.'

저 시선에는 '관심'이라는 의미도 짙게 깔려있었다.

마법사를 경험했던 이들은 그들이 지닌 파괴력을 잘 알았고, 그만큼 의뢰가 편해지며 안전성이 높아진다는 것 역시 모르지 않았다.

혹시 기회가 된다면, 손을 잡고자 하는 의도가 섞여있는 것이다.

'그냥… 혼자서 올 걸 그랬나.'

에던은 재차 쓰게 웃으며 고개를 절레절레 흔들었다.

오랜만의 방문인지라, 잠시 이 동네 분위기라던가 주의점을 잊고 있었다.

애초에 그가 마법사 혹은 여인과 함께 움직이는 경우가 없었던 까닭에, 이 부분에 대한 경각심이 없기도 했다.

'뭐, 굳이 신경 쓸 필요도 없지만.'

많지 않은 시선들이었지만, 집중도가 남다르다는 걸 알았다. 느낌상으로 짐작하건데, 시선이 따라오는 이들 대부분이 마법사와 함께한 경험이 있는 이들일 터였다.

'분위기로 봐서… 얼굴을 보이면 정말 화끈해 지겠는데.'

재차 쓰게 웃으며 길드 건물 안으로 발을 들였다.

'짜릿하군!'

한층 날카로운 눈길들이 밀려들었다.

길드의 외부와 달리 내부로 가까워질수록 실력자들이 늘어나는데, 당연하게도 이곳 길드 안쪽에 자리한 이들은 하나같이 한 지역에서 이름깨나 날리는 실력자들일 터였다.

최소한 1급 용병 이상이 아니고서는 이곳에 엉덩이 붙이는 건 허락되지 않았다.

그런 의미로 에던 역시도 길드 내부는 의뢰를 받을 때 말고는 길게 자리했던 적이 없었다.

매서운 시선 속에서 레일라가 한층 분위기를 달궈놓는 행동을 개시했다.

"오…!"

돌연, 나직한 탄성이 터져 나왔다. 레일라가 로브를 걷고 얼굴을 드러낸 까닭이었다.

칙칙한 길드의 공기가 일순 상쾌해지는 기분이랄까?

'끄응….'

에던은 '아차' 싶었다. 그녀에게 얼굴을 드러내지 말라는 경고를 하지 않았다는 걸 뒤늦게 깨달은 까닭이었다.

'뭐… 상관없나.'

목적을 떠올린다면 이것도 나쁘지는 않았다. 애초에 신경을 안 쓰기로 한 것도 이런 이유였지만, 그래도 왠지 그녀에게 꽂혀드는 시선을 보고 있노라니, 그리 유쾌하지만은 않았다.

잠시 입맛을 다시고 있을 때였다.

슬금슬금 행동을 개시하려는 징조가 비쳤다. 몇몇 용병들이 그 무거운 엉덩이를 떼며 자리에서 일어나고 있었다.

최초로 다가온 건, 마치 산적이라는 생각이 들 정도로 사나운 인상의 사내였다.

'이건 뭐… 곰이야 사람이야?'

에던 역시도 그리 고운 인상은 아니었건만, 눈앞의 사내에 비한다면 그야말로 순둥이라고 해도 이상하지 않을 것 같다는 생각이 들었다.

"이야~! 이거, 반갑다."

대뜸 친근하니 다가오는 사내의 모습에 에던이 실소했

271

다. 뻔한 수작질을 짐작한 까닭이었다.

눈앞의 사내는 초면이었다.

만약, 여기서 모른 척을 한다면?

'먹히는 거지.'

왜 모른 척을 하냐며, 무시하지 말라는 식으로 분위기를
험악하게 몰아갈 확률이 높았다.

오랜 경험을 통해 에던은 여기서 가장 적절한 대응법을
찾아냈다.

"오~! 그래 반갑다. 잘 지냈어?"

활짝 웃으며 마주 다가갔다.

그러자 오히려 당혹감을 드러내는 사내의 표정이 보였
다. 바쁘게 돌아가는 동공이 눈에 잡혔다. 정말 어디서 만
났던 건지 머리를 굴리고 있을 터였다.

'당황하지 않고 침착하게…'

빠악!

그 순간 상황을 반전시키며 주먹을 올려쳤다. 턱이 올라
가고 고개가 꺾이며 몸뚱이가 떠올랐다.

'선빵은 진리지!'

쿠웅…

뒤이어 무너져 내리는 덩치와 함께 묵직한 진동이 길드
내부를 뒤흔들었다.

"이 새끼!"

"죽여 버려!"

몇몇 용병들이 버럭 성을 내며 일어나는 게 보였다. 그 수를 찬찬히 헤아려봤다.

열 명 남짓으로, 쓰러진 사내와 동료이거나 친분이 있는 이들일 거라 여겼다.

이런 격한 반응과 달리, 여전히 엉덩이를 걸친 이들과 다가들다 물러나는 이들은 사내와 사이가 나쁘거나, 그냥저냥 데면데면한 이들이 대부분일 것이다.

'일단, 상황을 보겠다는 거겠지.'

그들의 터전이니 만큼 친분이 크건 적건 이빨을 드러내는 게 기본이겠으나, 그렇다고 전부 달려드는 건 옳지 않았다.

몇몇은 지켜보고 대응하는 게 오히려 적절했다.

흉흉해진 주변 공기를 한껏 삼킨 에던이 여전한 미소를 그린 채 입을 열었다.

"아니. 반가워서 한 대 친 걸 가지고 왜들 그래? 친구 사이에 욕 좀 하고 침 좀 뱉을 수 있잖아. 죽빵 한 대 나눈 건데. 왜? 원래 친구라는 게 치고받고 하는 거잖아."

느물느물한 그 태도에 분위기는 한층 뜨겁게 달아올랐다. 하지만 선뜻 달려들지는 않았는데, 이는 여전히 쓰러져 있는 사내의 모습 때문이었다.

그들 사이에서도 제법 실력이 있는 사내가 단 한방에 넘어갔다는 것과 여전히 깨어나질 못한다는 점에서, 상대의 실력이 만만찮다는 걸 깨달은 까닭이었다. .

이런 신중한 모습에 에던이 고개를 작게 저었다.

'그렇게 반응하면 안 되지!'

이미 소란을 일으키기로 각오를 굳힌 만큼, 저들을 좀 더 긁어주기로 했다.

쓰러진 사내를 슬쩍 내려다보며 입을 열었다.

"이봐. 친구. 일어나 봐. 분위기 이상하게 자빠져서 뭐해?"

그러며 발로 툭툭 쓰러진 사내를 건드렸다. 그 동작에 성난 얼굴로 바라보던 이들이 일순 당황하는 게 보였다.

갑작스런 에던의 태도에 정말로 아는 사이인가 싶었던 것이다. 그들이 고개를 갸우뚱 거릴 때, 에던의 발이 한층 격하게 움직였다.

빠악!

"정신 차리라고!"

사정없이 걷어차는 일격에 쓰러진 사내의 턱이 또 한 번 돌아가고, 그제야 지켜보던 이들이 농락당했음을 깨닫고는 눈에 불을 켰다.

"우아아아아아-!"

성난 외침과 함께 달려드는 모습에 에던이 활짝 웃으며 팔을 벌렸다.

"반갑다. 친구들!"

치고받으며 새로운 인연을 쌓는 시간이 펼쳐졌다.

셰릴의 계획, 그건 아주 간단했다.

[왕의 귀환!]

그 한마디로 대략적인 그림이 그려졌다.

사신을 부정하며 용병왕의 탄생을 외면하는 용병 길드가 많았다. 왕의 탄생을 인정하는 용병들은 많았으나, 길드 자체적으로 그 같은 흐름을 통제하고 억압하는 분위기였다.

암전에서 이를 지원하고, 그들의 뿌리라 할 수 있는 왕국에서 지지를 아끼지 않는 만큼, 길드의 목소리가 높아지고 영향력도 커질 수밖에 없었다.

바로 이들을 목표로 하는 것이다.

[세력을 만들어.]

이미 에던에게는 나름의 세력이라 할 만한 게 존재했다.

레드문과 루딘이 그 대표적이었는데, 냉정하게 이야기하자면 그들은 에던을 따른다고 할 수는 없었다.

각자 한 발씩 걸치고 있는 관계였다.

셰릴은 바로 이 같은 부분을 지적하며, 에던에게 허락된 자리를 지목했다.

[용병왕!]

그의 자리를 찾고, 존재를 알리는 것이다.

동시에 암전을 혼란스럽게 만드는 작업 역시도 함께 수행하고자, 이곳 티브릭샨 왕국으로 움직였다.

중간중간 행적을 노출시킨 것 역시 그런 이유라 할 수 있었다.

그리고 이곳 '라드마할' 자작령의 용병길드 '아딕산'을 찾은 건, 본격적인 그들의 활동목적을 알리기 위함이기도 했다.

[사신은 허구다!]

대략 이런 식으로 목소리를 높이며, 왕의 탄생을 부정하는 반대파의 일원 중 하나가 바로 이곳 아딕산 용병길드였다.

그 주장의 이유는 여러 가지가 있었는데, 그 중 대표적인 걸 뽑아보자면 대충 이러했다

[그렇게 젊은 나이에 초월자라는 게 말이 안 된다!]

에던의 겉모습을 입에 올리며, 믿을 수 없다는 걸 연신 주장하고 또 강조하고 있었다. 역사적으로 알려진 초월자들의 평균 연령대가 40대 정도라는 걸 언급하니, 더욱 그들의 주장에 힘이 실릴 수밖에 없었다.

대륙에 알려진 소문 대부분이 거짓이라고 외쳐댔다.

그 때문일까?

사신을 인정하는 이들 중, 길드의 수작을 알고 있는 용병들 역시도, 알게 모르게 흔들리는 모습을 보이고 있었다.

이 같은 분위기에 셰릴은 아주 간단히 해결책을 내어줬다.

[본때를 보여줘!]

계획한대로 움직였고, 덕분에 용병길드 아딕산은 때 아닌 태풍을 맞이해야만 했다.

"이놈!"

일시적으로 몰아치던 폭풍이 끝나고, 쓰러진 용병들을 내려다보고 있을 즈음, 위층으로 향하는 문이 열리며 일단의 무리가 들어오는 게 보였다.

한창 치고받기를 시작할 즈음, 슬그머니 뒤쪽으로 빠져나가던 이가 있었는데, 그를 통해서 길드 상부에 1층의 소란이 전해진 것으로 보였다.

길드 내부의 실력자들의 나오자, 지켜보기만 하던 다른 용병들도 일제히 엉덩이를 떼고 일어나며 분위기를 잡아갔다.

텁텁해진 공기 속에서 에던이 활짝 웃으며 입을 열었다.

"크록 다란!"

대뜸 이곳 길드장의 이름을 내뱉는데, 들어선 이들 중 길드장의 얼굴을 확인한 까닭이었다.

레드문을 통해 이미 얼굴을 익혀놓은 덕분에 모를 수가 없었다.

이 갑작스런 부름에 길드장 크록이 안색을 굳혔다.

"내게 용건이 있는 건가?"

단번에 에던의 행태가 그를 목표로 한 것임을 깨달은 것이다.

에던이 고개를 끄덕이며 물었다.

"죄를 묻기 위해서 찾아왔다."

"…죄?"

의아한 얼굴로 바라보는 크록의 모습에 에던이 그의 전신을 쭈욱 훑었다.

"강철 같은 몸뚱이로 이름깨나 날리던 걸로 알고 있는데, 이건 뭐… 아주 제대로 퍼졌군."

확실히 그 말처럼 강철 같던 유명세와 달리, 한껏 늘어진 뱃살이나 두툼해진 턱살 그리고 풀어진 팔 근육을 봤을 때, 과거의 영광은 이미 저 멀리 사라진 것처럼 보였다.

실력 상승의 효과일까? 그도 아니며 각성의 영향일까? 에던은 단번에 상대의 실력을 알아보는 눈을 지니게 되었다.

물론, 동급의 상대에게는 그 시야가 흐릿해지기도 했지만, 팬턴과의 마찰을 통해 또 한 번 경계를 넘은 만큼, 어지간한 수준이 아니고서는 그 눈이 가려질 일은 없을 터였다.

그런 의미에서 에던이 보는 크록의 실력은 특급 용병 중에서도 상당한 상위의 실력자였다.

'이곳 티브릭샨에서 제법 유명하다고 하다는 게, 아주 거짓은 아닌 모양이네.'

기사들과 비교해도 부족함이 없어 보였다. 충분히 명가의 선임기사라 불리는 이들과도 견줄만한 수준이었다.

'좀 더 다듬었다면, 충분히 고위 기사 쪽에도 한 발 정도는 걸칠 수는 있었겠네.'

하지만 이 모든 건 크록의 상태가 '정상'이라는 측면에서 나올 수 있는 전력이었다.

에던은 한 순간에 상대가 낼 수 있는 최고 상태의 능력치를 뽑아냈고, 뒤이어 현실적인 부분에서의 괴리감을 분석하기에 이르렀다.

크록의 몸은 정상이 아니었다.

'…누가 봐도 저건 비정상이지.'

잠시 잠깐 정도라면 선임 기사 수준의 능력치를 보이겠으나, 저 늘어진 살덩이와 풀어진 몸뚱이를 봤을 때, 잠깐 반짝이는 실력을 보이다가 금세 숨을 헐떡이며 그 반의반도 못 되는 엉터리가 되어버릴 터였다.

"요즘 살림살이 좀 나아졌나 봐."

그 말과 함께 에던이 한 걸음 내딛었다.

분명, 그렇게 여겨졌다.

하지만 그 걸음이 바닥에 다다랐을 때, 어찌 된 일인지 그의 신형은 크록의 눈앞에 서 있었다.

적어도 그들 사이에는 열 발자국 이상의 거리가 존재했건만, 그 같은 간격을 무시하듯 혹은 지워버리듯 크록에게 다가든 것이다.

"이렇게 살이 뒤룩뒤룩 찐 걸 보니, 아주 살만해 보이네. 살 많아 보여. 풉… 푸풉!"

말끄트머리에 슬쩍 뱉어낸 농담이 만족스러웠던지, 실소를 터트리는 에던의 모습에 지켜보던 용병들의 표정이 구겨지는 게 보였다.

"하…."

뒤편에서 날아드는 레일라의 한숨소리가 결정적이었다. 이 같은 부정적인 반응에 입을 삐죽 내밀던 에던이 매섭게 손을 뻗었다.

"살, 만해 보인다고!"

민망함을 분노로 표출하며 대뜸 크록의 턱을 잡았다. 그야말로 눈 깜짝할 사이에 간격을 허락하고, 신체적인 제압까지 당해버렸다.

중간에 정신적 제압도 한 번 들어오기는 했지만, 이 부분은 애써 무시하기로 했다.

"느… 머 아느 느미냐?"

'너 뭐하는 놈이냐?'

입을 열어보지만 턱을 잡힌 까닭에 제대로 된 발음이 나오질 않았다.

하지만 그 부정확한 내용만 가지고서도 용케 알아들은 모양인지, 에던은 씨익 웃으며 크록의 물음에 답을 해줬다.

"사신이라고 하면… 믿을라나?"

일순, 길드 내부의 공기가 싸늘하게 식어갔다.

의문에서 의심으로 이어지는 반응 속에서, 한 차례 보여줬던 실력과 간격을 제압하던 움직임을 떠올리자, 그저 헛소리로 치부하기만은 어려워졌다.

특히, 이곳에 있는 이들은 아딕산 길드가 사신을 인정하지 않는다는 걸 알고 있는 까닭에, 더더욱 무시하기가 어렵기도 했다.

겉으로는 외면하며 부정하고 있지만, 대부분의 길드가 사신의 존재를 인정하고 있는 것도 사실인 까닭이었다.

단지, 자리보전을 위해 반대되는 행동을 하고 있는 것이고, 그런 만큼 더더욱 사신이라는 명칭에 민감할 수밖에 없는 것이다.

"이… 이 미친… 어디서 개소리를 지껄…."

빠악!

한쪽에서 그를 부정하려는 움직임이 보였지만, 채 몇 마디 내뱉기도 전에 무너져 내렸다.

'뭐야?'

'어떻게?'

에던의 손이 번쩍인다 싶더니 저런 결과가 나온 것이다.

데구르르…

바닥을 구르는 자그마한 구슬이 보였으나, 누구도 거기에 신경 쓰는 이들은 없었다. 저걸로 뭔가를 했을 거라고 생각하기에는 구슬의 크기가 너무 작았던 까닭이었다.

그 방법은 알 수 없었지만, 중요한 건 에던이 그를 쓰러트렸다는 점이었다.

부들… 부르르르…

이를 깨닫는 순간, 전장을 구르며 쌓아올린 그들의 육감이 강렬한 신호를 보내왔고, 이해할 수 없을 정도로 강렬한 떨림이 그들 전신을 두드리며 오금을 흔들었다.

그 와중에 나직한 한마디가 날아들었다.

"꿇어!"

동시에 용병들의 무릎이 꺾였다.

풀썩…

이번에도 도통 이해할 수 없는 상황이었다. 행하고 난 뒤에 스스로의 행동에 한 번 놀랐고, 주변 모습에 두 번 경악했다.

조금 전까지만 해도 사나운 기세를 내비치며 우직하니 서 있던 용병들이건만, 어찌된 일인지 죄다 바닥에 주저앉아 있는 것이 아닌가.

'맙소사!'

경악하는 와중에 또 한 번 놀라야만 했다. 마치 말문이 막힌 듯 입만 뻐끔거릴 뿐, 이렇다 할 목소리가 나오지 않는 걸 깨달은 까닭이었다.

'이게, 대체…?'

연달아 이어지는 충격은 그들을 심적으로 압박하며 두려움에 이르고 공포심을 깨웠다.

그래서일까?

슬금슬금 그들의 머릿속을 채우는 단어가 하나 있었다.

'…사신….'

어쩌면, 정말로 눈앞의 사내가 그들이 부정하던 '왕'일지도 모른다는 생각, 혹은 예감에 등허리부터 목 언저리까지 서늘한 한기가 치고 올라왔다.

부르르르…

약속이나 한 듯, 일제히 몸을 떠는 그들을 무시하며, 에던은 유일하게 서 있는 사내에게로 시선을 돌렸다.

사실, 서 있다고 하기 보다는 그에게 잡혀 있다는 표현이 더 정확했다.

"크록 다란!"

다시금 사내의 이름을 입에 올리며 시선을 맞췄다. 하지만 어쩐 일인지 크록은 시선을 피하느라 바빠 보였다.

그 역시 조금 전 그 아찔한 감각을 맛본 까닭이었다.

눈앞의 존재가 사신이라는 걸 확인할 수는 없음에도 분명한 건 하나 있었다. 그들의 인지영역을 넘어서는 절대적 강자라는 것, 그걸 조금 전 경험으로 깨닫게 된 것이다.

"네 죄를 알겠지?"

나직한 물음에 크록의 동공이 격렬하게 흔들렸다.

"사실, 별로 신경 쓸 생각은 아니었는데, 자꾸 거짓말쟁이다 가짜다 사기꾼이다. 뭐, 이따위 소리를 지껄여 대면, 신경을 안 쓸 수가 없잖아? 오히려 신경을 써달라는 것 같아서, 한 번 관심 좀 기울여 보려고."

거기까지 이야기한 에던이 휙 하니 팔을 휘둘렀고, 크록의 큼지막한 거구가 거짓말처럼 허공을 날아 한쪽 벽면에 처박혔다.

쿠웅… ·

멧돼지를 연상시키는 덩치 때문일까? 묵직한 진동이 길드 내부를 뒤흔들었다.

"사신은 가짜다. 허구다. 그래. 그렇다고 하더라고. 뭐, 나도 그런 명성에 연연하지는 않으니까. 무시할 수는 있는데, 그래도 넘지 말아야 할 '선'이라는 게 있단 말이지."

에던은 그렇게 이야기를 이으며 크록에게 걸어갔다. 앞서의 바람 같은 움직임과는 달리, 이번에는 느긋하게 한 걸음 한 걸음 천천히 다가갔다.

"듣자하니. 사신 같은 건 한주먹 거리도 안 된다고 지껄였다지? 앞에 나타나면 발바닥을 핥게 한다고 했던가? 이거 말고도 제법 멋진 내용이 많더라?"

쓰러져 신음하던 크록의 안색이 새하얗게 질려갔다.

실제, 저 같은 발언을 했던 까닭이었다. 술김에 뱉은 내용들도 있지만, 의도적으로 용병들을 통제하고자 던진 것도 제법 많았다.

'어… 어떻게 그걸?'

당황하는 크록의 모습에 에던이 씨익 웃었다.

"밤 말은 쥐가 듣고 낮 말은 새가 듣는다는 거 몰라?"

어딘가의 속담이었는데, 이면의 세상에서는 레드문의 정보력을 표현하는 격언으로 쓰이기도 했다.

"어때? 슬슬 네 죄를 알겠어?"

그렇게 묻던 에던이 슬쩍 고개를 돌려 주변 용병들과 시선을 맞춰갔다.

마치, 그들에게도 '네 죄를 아느냐' 고 묻는 것 같았다.

당연하게도 길드장의 수족인 그들 역시도 크록과 비슷한 발언들을 한 적이 있었고, 그 때문인지 감히 그 시선을 정면으로 받을 수가 없었다.

그렇게 한 차례 용병들을 돌아본 에던이 다시금 크록에게로 시선을 고정시키며 입을 열었다.

"죄를 지었으면 벌을 받아야겠지?"

하얗게 웃는 에던의 미소에 크록의 머리도 새하얗게 비어갔다.

용병의 왕!

그 자리에 오르기 위한, 본격적인 여정의 시작이었다.

7. 운트!

7. 운트!

언제나 그렇듯 그 사내와 관련된 소식은 피를 싸늘하게 만들고 심장에 마비증상을 일으키는 악마적인 마력이 있었다.

"으득! 사신, 운트."

인세의 마왕이라고도 불리고 있는 사내의 행보는 실로 무자비했다.

"세톤 왕국이 당했다고 하더니…"

만만치 않다는 걸 이미 알고 있었던 터라, 여러모로 긴장에 긴장을 더하고 있는 와중이었다.

그런 상황에서 또 다시 원치 않는 행보가 시작되었다.

"용병길드 제압이라. 우리를 제대로 물 먹이겠다는 건가."

사실, 대륙에 퍼져나가고 있는 용병길드의 사신 반대 의견들 대부분이, 그들 '뿌리'가 만들어낸 작업의 결과물이었다.

암전과 연관 없는 왕국도 이리저리 끌어들여 대륙 전역으로 확산시킨 것이다.

용병왕의 탄생이 부담스럽다는 이유도 있었지만, 그 자리에 앉는 게 사신이어서는 안 된다는 결론 아래, 더더욱 치열하게 방해공작을 펼쳐왔었다.

다행스럽게도 사신은 왕에 대한 미련을 보이지 않았고, 길드들은 어려움 없이 반대의 목소리를 높일 수 있었다.

하지만 최근 그 같은 행보에 반전이 일어난 것이다.

"티브릭샨 왕국인가."

절로, 입안이 꺼끌꺼끌해졌다.

"세톤에서 바로 티브릭샨이라…."

짐작되는 게 있었다.

"결국, 거머리 놈들에게서 정보가 넘어간 건가."

뱀파이어와 손을 잡고 있으면서도, 최대한 그들에게 정보를 흘리지 않도록 하려 했으나, 아무래도 암전의 중심 실험이었던 '망자탈혼'과 연관된 거래다 보니, 생각 이상으로 무거운 정보들이 저쪽에 개방되어 버린 모양이었다.

"쯧! 칠성좌까지는 전해졌다고 생각해야 하는 건가."

앞서, 이드라반이 예측했던 것처럼, 암전의 뿌리 중 가장 두꺼운 크기를 자랑하는 뿌리가 바로 칠성좌였다.

당연하게도 그 일원인 세톤 왕국은 다른 뿌리들과 다르게 그 보유전력이 어마어마했다.

그들 역시도 칠성좌의 일원이기 때문이었다.

"하지만… 당했지."

이번 사건으로 인해 세톤 왕국은 일반적인 뿌리들과 비슷한 수준까지 떨어져버렸다. 같은 칠성좌의 일원이자 전통의 수호자로써 자존심이 상하는 기분도 들었다.

"티브릭샨이라…."

냉정히 비교하자면 그들의 전력은 세톤 왕국과 크게 차이가 없었다. 사신을 감당할 수 없을 거란 예감이 강하게 들었다.

당연하게도 사신의 행보를 방해하기도 어려울 터였다.

"쯧…."

입안이 꺼끌꺼끌해지는 기분이었다.

'…그나마 다행인가.'

이 같은 사신의 행보에 대비하기 위한 움직임 중 하나가 착실히 진행 중이기 때문이었다.

지금과 같은 만약의 사태를 대비하고자 실행한 계획이었다. 그리고 그 계획이 이뤄지는 지역은 현재 사신이 머무는 곳과 정반대였다.

동대륙!

그곳에서 거짓된 사신이 그릇된 행보를 시작하고 있었다.

진짜를 막기 위한 가짜!

진짜를 먹기 위한 가짜!

성공한다면 용병들은 그들의 새로운 전력이 되어줄 터였다. 대륙 전역에 펼쳐져있는 저 자유로운 병력들은 그야말로 특별한 전력이 될 수도 있었다.

애초에 암전이라는 세력을 용병들의 이면에 둔 것도 이를 위한 계획의 일부이지 않던가.

착실히 용병들의 세상을 좀먹어 들어가는 중이었다.

'사신… 그놈만 아니었어도.'

왠지, 입맛이 썼다.

'생각해보면 이번 계획도 결국…실패할 확률이 높겠지만, 시간벌이 정도는 할 수 있겠지.'

저 멀리 서대륙에서부터 골머리 아픈 소식이 날아들긴 했지만, 지금 중요한 건 이게 아니었다.

[망자!]

반백년에 걸친 그들의 중심 연구과제가 본격적으로 결실을 맺고 있었다.

'사신 그 빌어먹을 놈 때문에 잠깐 주춤하긴 했지만.'

근 2년여에 걸쳐서 지켜본 결과, 망자의 대적자가 될 수 있는 건 오로지 사신 한명 뿐이라는 결론이 나왔다.

혹여나 루딘 용병단이나 다른 대항세력 중에서 망자를 그토록 완벽하게 제압할 수 있는 이들이 있을지 몰라, 긴 시간에 걸쳐서 관찰해왔다.

별다른 문제가 없다는 결론이었다.

특히, 망자를 직접 실전에 움직이며 뽑아낸 자료들이 결정적이었다.

사신에게 취약하다?

"애초에 초월자를 상대하는 거니까."

물론, 다른 초월자와 비교한다면 그 차이가 너무 극명하긴 하지만, 어쨌든 그럭저럭 납득할 수 있는 이유였다.

'사신만 피하면 되는 거지.'

혹시라도 사신에게 걸려 망자의 취약점이 드러난다면?

[초월자니까.]

제법 그럴싸한 변명으로 사용할 수 있었다. 게다가 취약점이라는 것도 사신에게만 한정된 것이니, 더 이상 망자를 사용하는데 주저함을 가질 필요가 없었다.

"슬슬… 본격적으로 움직여도 된다는 거지."

조금은 더 시간이 필요하긴 했으나, 상황이 이상하게 흘러가고 있음에, 좀 더 적극적인 대응이 필요하다는 결론이었다.

"티브릭샨 측에는 미안하지만."

일단 그들을 미끼로써 망자의 활용을 시작하고, 미뤄왔던 계획도 슬슬 수면위로 끌어올릴 생각이었다.

"칠성좌라…."

슬쩍 입 꼬리가 올라갔다.

"생각해보면 뿌리의 전통을 일곱이나 짊어지는 것도

너무 과하지."

이참에 그 수를 조금은 줄여놔도 괜찮을 것 같았다.

"고생하게나. 친구."

티브릭샨에게는 악몽 같은 결정이 될 터였다.

❖ ❖ ❖

드라필만 검가!

그곳의 정점에 서 있는 별의 주인, 루드말은 최근 들어
아주 재미있는 소식을 하나 접했다.

"사신, 운트란 말이지."

헛웃음이 절로 나왔다. 어찌 그렇지 않겠는가.

"분명히… 레일라는 서대륙에 있다고 들었는데, 사신은
동대륙에서 활동한단 말이지."

딸아이가 보내온 편지, 좀 더 정확히는 통신마법을 떠올
려 봤을 때, 지금의 이 소식은 웃음을 자극하는 내용들로
가득했다.

"그야말로 동에 번쩍 서에 번쩍 하는군. 크하하하하하!"

지닌바 정보가 있기 때문에, 진실과 거짓을 구분하는 건
어렵지가 않았다.

따악!

가볍게 손가락을 튕기자, 루드말의 등 뒤로 그림자 하나
가 나타났다.

"이곳 동쪽에서 사신의 명성을 이용해 먹으려는 놈들이 있는 것 같은데, 한 번 제대로 조사해 봐."

"충!"

그림자가 짤막한 대답과 함께 다시금 자취를 감췄다.

"이렇게 되면 동쪽은 사신, 서쪽은 마왕인가."

최근 발생했던 사건 때문인지, 이곳 동대륙과 달리 남 대륙을 시작으로 그 주변은 인세의 마왕이라는 명칭이 더 자주 사용되고 있었고, 서대륙 역시 사신보다는 마왕을 입에 올리는 추세였다.

때문에 이 같은 비유를 하는 것이었다.

"사신의 명성을 훔친다라… 용병 때문인가?"

얼추 짐작되는 이들이 있기는 했다.

"암전!"

드라필만은 레일라를 통해 에던과 연결되고 그로 인해 레드문과도 관계를 맺고 있는 상황이었다.

덕분이라고 해야 할까?

암전과 에던 사이에 발생하는 마찰을 모를 수가 없었다.

"뭐… 다행이라면 다행인가."

레일라의 통신으로 에던이 어떤 행보를 걷고 있는지 대략적으로 전해 들었다.

이곳 동쪽의 사신에 비한다면 반 박자 늦은 것 같기는 하지만, 에던 역시도 본격적으로 왕의 길을 걷기 시작했다는 건 확실했다.

"조금 늦기는 했지만… 그래도 상관없겠지."

동쪽의 사신은 거짓을 담고 있기에, 서쪽의 마왕을 이기지 못한다.

확신하고 또 단언할 수 있었다.

"에던 그 녀석이 만만한 놈은 아니니까."

경험자의 장담이었다.

"그래도… 내 영역에서 개수작을 부리는 건, 기분이 좀… 나쁘군."

지난 전쟁의 영향인지, 드라필만은 그들 왕국뿐만이 아니라, 순수하게 동대륙을 대표하기에 충분한 검가로써 자리매김하고 있었다.

물론, 이전에도 동대륙을 대표하는 검가로 불렸지만, 그 영향력의 차이라는 게 있었다.

과거의 드라필만을 떠올린다면 이러했다.

[어느 대륙의 어느 왕국의 명문 검가!]

이렇게 불린다면, 지금은 아주 간단했다.

[검가 드라필만!]

대륙과 왕국은 그 뒤에 따라온다.

그 이름이 어느 위치에 있느냐의 차이는 영향력의 변화를 확실하게 실감하게끔 만들었다.

때문에 레일라와 에던을 위해서가 아닌, 순수하게 드라필만이라는 명성을 위해, 조금쯤은 움직여 줄 생각이었다.

동대륙의 대표!

그 명성에 어울리기 위함이었다.

"암전이라면… 쯧! 개인적으로 안 좋은 기억도 있으니."

겁 없던 청춘 시절을 떠올리니 절로 눈가에 불꽃이 튀었다. 두려움을 몰랐기에 아픔을 경험할 수밖에 없던 시절이었다.

문득, 거기까지 생각하던 루드말의 입가에 쓴웃음이 걸렸다.

"…밤의 여왕."

좀 더 정확히는 전대 여왕을 떠올리고 있었다.

그녀도 그 청춘의 한 페이지를 장식하고 있던 까닭에, 입맛이 쓸 수밖에 없었다.

딸아이가 레드문의 여왕과 그럭저럭 관계를 유지하고 있다고 들었다. 그래서인지 더욱 예전 기억들이 자주 떠오르는 걸지도 몰랐다.

어쩌면 혹시나 하는 생각 때문이었다.

'허락된다면….'

한 번쯤, 옛 추억을 정리할 기회를 희망하고 싶었다.

'여왕….'

그 붉은 달빛 아래 도도하게 빛나던 모습이 잔상처럼 망막에 새겨져 있어, 지금도 선명하기만 했다.

갑작스런 사신의 등장과 함께, 티브릭샨 왕국의 용병길드는 그야말로 초토화가 되고 있는 상황이었다.

무시무시한 그의 행보 때문일까?

[인세의 마왕!]

더는 그를 사신이라고 부르지 않았다. 이미 남 대륙과 마찬가지로, 이곳 서쪽에서도 사신보다는 마왕이란 명칭을 더 자주 사용하고 있었다.

물론, 티브릭샨 왕국을 벗어나면 그런 경향이 줄어들기는 하지만, 지금의 추세로 봤을 때, 오래지 않아 서 대륙 전역에서 마왕이란 단어를 입에 담을 거라 여겨졌다.

그야말로 질풍, 아니 폭풍이었다.

자연재해와도 같다는 이야기마저 돌 정도로 충격적이었다.

[막을 수 없는 태풍과 같다!]

[그가 지나간 길을 확인하면, 어째서 그가 마왕이라 불리는지 알게 된다.]

[두려워하라! 그리고 경배하라.]

이곳 티브릭샨 왕국을 대표하는 용병길드 다섯 군데가 박살났고, 중소규모의 길드도 벌써 열 군데가 넘게 해체되었다.

더욱 무서운 건 그 결과에 있었다.

[단, 한명도 죽지 않았다!]

하지만 누구 하나 멀쩡한 이가 없었다.

결코, 다시는 검을 잡지 못할 것이며, 허투루 떠들 수도 없을 것이다.

죽음의 꽃은 피지 않았다.

하지만 절망의 가시가 솟아있었다.

어느 누구도 마왕의 존재를 부정할 수 없었고, 더 이상 '왕'의 탄생을 반박하지 못했다.

누군가는 공포정치네 어쩌네 하며 목소리를 높이기도 한다.

하지만 사정을 알 만큼 아는 이들은 결코 거기에 호응하지 않았다.

그 절망의 가시에 찔린 이들 중, 일반 용병들은 결코 포함되어 있지 않다는 걸 알기 때문이었다.

용병으로써의 가치관을 잃어버리고, 권력과 세력에 물들어 왕국 또는 귀족의 개가 되어 헐떡이던 이들, 그들이 이번 사건의 주된 목표물이었음을 아는 것이다.

당연하게도 험악한 분위기와 달리, 일반 용병들은 사신 그리고 마왕의 존재를 입에 담으며, 환호하고 또 열광했다.

[우리의 왕이 오셨다!]

가장 낮은 그들의 세상에, 드디어 오랜 세월을 건너 별빛이 비춰들고 있으니, 기뻐 경배하며 찬양하는 이들이 속출하기 시작한 것이다.

그리고 이런 분위기 속에, 다시금 '에던 운트'라는 이름과 성을 되찾은 존재가 중얼거렸다.

"약은 이럴 때 팔아야 되는데."

제 버릇 남 못준다고, 착실히 제 멋대로 살고 있었다.

애초에 계획하기를 용병길드의 반대파를 징치하는 걸 기본으로 하되, 나머지는 에던이 하고픈 대로 움직이는 거였던 터라, 그의 행보 자체가 문제될 이유도 없었다.

이 같은 이유로, 길드 징치 이후 그는 정말 멋대로 움직였다.

사실, 크게 특별한 행동을 한 건 아니었으나, 드러내놓고 활동하는 만큼, 초월자의 존재는 여러모로 주변에 영향을 끼칠 수밖에 없었다.

그런 와중에 에던은 좀 더 멋대로 움직이기 위한 행보를 준비했다.

"기왕이면 하던 일도 이어서 해야 하지 않겠어."

그처럼 주장하며 그가 향한 곳은 기존의 목표들이었던 암전의 지부였다.

"이놈들도 알고 보면 죄다 용병들이잖아."

맞는 말이었다.

때문에 에던에게는 나름의 명분이라 할 만한 게 있었다.

"그 막되 먹은 놈들한테도 왕을 알현 할 기회는 줘야하지 않겠어?"

고로 한바탕 난리를 쳐줘야 한다는 게 그의 의견이었고,
당연하게도 레일라는 이를 반대할 이유가 없었다.

레드문 역시 마찬가지였다.

셰릴에게도 의견을 묻고자 했으나, 한동안 그녀와는 연
락이 닿질 않는다는 소식과 함께, 자발적인 움직임을 필요
로 하게 된 것이다.

과거와는 다른 상황이었다.

이전이었더라면 은밀히 움직이며, 암전의 시야에서 몸을
숨긴 채 끊임없이 저들의 몸통에 비수를 내리꽂았을 것이
다.

하지만 지금은 달랐다.

[에던 운트!]

그 이름으로 돌아왔고, 또 그 이름으로 살아가기로 결정
한 이상, 더는 숨을 필요도 없었다. 아니 숨어서는 안 됐다.

드러냄으로써 '왕의 신위'를 세상에 알릴 필요가 있었
다.

'지금 상황에는 오히려 멋대로 행동하는 게 적절하지.'

아무래도 너무 드러내놓고 움직이고 있는 까닭에, 자연
히 주변 시선이 딸려올 수밖에 없었고, 이는 자연스럽게 바
깥세상의 이목을 집중시키게 만드는 상황으로 이어졌다.

암전이라는 단체는 세상 이면을 무대로 활동한다.

때문에 본의 아니게 그들 존재가 수면위로 부상하게 만
들고 있었다.

중요한 건, 이 다음에 있었다.

"귀족들도 바보가 아닐 테니, 제 영역에서 날뛰는 놈을 내버려 둘 수는 없을 거야."

에던이 초월자라는 건 이미 알 만한 사람은 다 안다.

일반적인 관점에서 본다면, 굳이 초인과 척을 질 이유는 없기 때문에, 모르는 척 외면하며 에던의 행동을 방관했을 것이다.

하지만 이곳에서만큼은 달랐다.

티브릭샨 왕국!

암전의 뿌리, 그 중에서도 저들의 중심이며 전통이고 역사라 할 수 있는 칠성좌의 영역이었다.

귀족들은 에던이 초월자라 할지라도 무시할 수가 없을 터였다. 게다가 암전의 존재가 바깥세상으로 튀어나오는 걸 막기 위해서라도, 더더욱 에던을 내버려두는 건 해서는 안 될 선택지였다.

"개도 제 집에서는 반은 먹고 들어간다는데."

에던이 초월자라는 것? 저들에게는 중요하지 않았다.

"날 잡으러 올 수밖에 없을 걸."

그런 이유로 쉴 새 없이 암전을 헤집고 다녔다. 그 정보를 구하는 건 어렵지 않았다.

레드문에서 얻는 것도 있었고, 그게 아니더라도 본격적으로 왕의 길을 걷기 시작한 지금, 수많은 용병들이 그의 정보원이 되어주기도 했다.

용병!

자유로운 일탈의 상징처럼 불리는 그들에게 '왕'을 섬기라고 하는 건, 어찌 보면 억압이요 족쇄며 굴복이라고 여겨질 수도 있을 것이다.

하지만 그들 대부분은 세상에 나와 활보하며 스스로에게 적당한 굴레가 필요하다는 걸 깨달았다.

왕이 있고 나라가 있으며 울타리가 존재함으로 인해 지켜지는 안정감을 그들은 갈망해왔다.

길드가 생기고 나름 울타리라고 할 만한 공간이 형성되었지만, 안타깝게도 길드는 더 이상 용병들만을 위한 터전이 아니었다.

초심을 잃어버렸다고나 할까?

분명, 길드는 용병과 의뢰인을 연결해주는 창구였다. 뿐만 아니라, 그들 양쪽을 조율하며 권리 혹은 권한 또는 의무를 지켜주기 위함이었다.

하지만 길드는 어느 틈엔가 용병이 아닌 의뢰인만을 위해 돌아가기 시작했다.

여기서 문제는 대개 그 의뢰인의 목록이 귀족이었으며 영토였고 나라며 왕이었다는 점이었다.

당연하게도 그들을 위한 나라와 왕일 리가 없었다. 불만은 조용히 쌓이고 또 쌓여왔다. 그런 때에 사건이 터진 것이다.

[용병왕!]

그들에게는 따로 약속된 왕의 자리가 있었다. 단지 그 주인이 오랜 세월 탄생하지 않았을 뿐이었는데, 드디어 그 자리의 주인이 모습을 드러내며 상황을 변화시키고 있었다.

특히, 이곳 티브릭샨에서의 행보는 놀랍도록 통쾌했다.

그동안 알게 모르게 목대를 뻣뻣이 세워오던 길드들을 하나하나 헤집고 후려치는 모습에, 많은 용병들이 간접적으로나 울분을 해소하는 경험을 맛봤다.

짜릿한 전율과 함께 그들로 하여금 왕을 영접하게끔 만들었다.

이야기는 거기서 끝이 아니었다.

[암전!]

놀랍게도 그들까지 본격적으로 징치하기 시작한 것이다. 그렇잖아도 사신의 출현과 왕의 탄생에 긍정적인 반응을 보이던 용병들이었기에, 이곳 티브릭샨 왕국에서 발생하는 이 화려한 사건사고는 그들의 피를 끓어오르게 만들기에 충분했다.

에던은 이런 수많은 용병들의 기대를 한 몸에 짊어진 채, 용병길드를 뒤집듯 암전을 헤집고 다녔고, 그 덕분에 티브릭샨 왕국은 극도의 경계상태에 빠질 수밖에 없었다.

앞서 언급했듯, 이곳은 칠성좌의 한 자리였기 때문이다. 귀족의 출동이 머지않을 거라 여겼다.

하지만 기다리던 귀족들의 등장은 없었다.

왕국적인 압박 역시도 들어오지 않았다.

어찌 된 것일까?

의문을 느끼는 와중에 사건이 터졌다.

[전쟁!]

생각지도 못했다고 해야 할까?

"아주 화끈하게 불을 질러놓는군."

황당한 마음에 고개가 절로 저어졌다.

"대단하다고 해야 하나."

에던은 새삼 암전이라는 단체가 지닌 파괴력에 대해 실감했다.

"전쟁이라….."

대륙 어딘가에서는 항상 다툼이 일고 피가 튀기며 전장이 형성되고는 한다. 특별하지만 특별하지 않은 그런 것이다.

하지만 이번만큼은 그런 식으로 이해하며 받아넘기기가 어려웠다.

"전 대륙적인 전쟁이라니. 하…!"

헛웃음이 절로 나왔다.

영지전 수준의 전쟁이 아닌, 왕국 규모의 전쟁들이 대륙 전역에 걸쳐서 발생한 것이다. 레드문에서 분석하고 레일라가 해석한 전쟁의 이유가 또 황당했다.

"개인은 국가를 이길 수 없으니까."

레일라의 말인 즉,

[전쟁이라는 사건을 통해, 용병왕을 소문을 잡는다!]

초월자 한명과 왕국!

어느 쪽에 더 비중을 둬야 할지는 굳이 언급할 필요도 없었다.

물론, 아무리 암전이라고 해도 왕국간의 전면전을 이처럼 다방면에 걸쳐 이끌어내는 건 쉽지 않을 터였다.

레드문의 조사에서도 국지전 정도의 형태만을 취하고 있다고 알려왔다.

하지만 중요한 건 왕국간의 마찰이 일어났고, 용병왕에 대한 이야기는 화제의 중심에서 벗어나게 되었다는 점이었다.

"쯥… 민망하게 만드네."

에덴은 그 한마디로 자신의 기분을 표현했다. 그도 그렇게 당당히 티브릭샨 왕국의 행동을 예측하며 움직였건만, 암전은 그리 쉽게 놀아나지 않는다고 외치듯, 상황을 제대로 꼬아놓은 것이다.

물론, 아직까지는 그의 계획이 전부 빗나갔다고 단정 짓긴 어려웠다.

레드문이 가져온 정보를 토대로 추측해 봤을 때, 티브릭샨 왕국은 전쟁과 관련된 소문이 더욱 커지고, 에덴의 존재감이 흐릿해질 즈음 움직일 것 같다는 것이다.

거기에는 레일라의 의견 역시 포함되어 있었고, 그런 만큼 신뢰도가 상당히 높았다.

"흐음… 타이밍을 보고 있단 말이지."

계획은 결국 이뤄질 것이나, 에던은 이 부분에서 깊게 또 길게 고민했다.

그러더니 대뜸 황당한 결론을 내렸다.

"기왕 맞을 매라면, 빨리 맞는 게 낫겠지."

뒤이어 이동을 시작하는데, 그 방향을 읽은 레일라가 당혹감에 물었다.

"어디 가는 거야?"

대답은 짧았다.

"타-바샨! 매질하러."

혹시나 싶었건만, 역시나라고 해야 할까?

"너… 돌았구나?"

레일라는 그리 묻지 않을 수가 없었다.

[타-바샨!]

옛 과거의 유산들이 즐비하게 세워진 공간, 대륙에서도 손꼽히는 역사의 터전으로써, 그곳은 바로 이곳 티브릭샨 왕국의 수도를 가리키는 단어였다.

에던의 어깨를 으쓱이며 답했다.

"나도 전통을 한번 계승해 보려고."

"…전통?"

"기왕 인세의 마왕이라고 불리게 된 참에, 왕성 전복도 따라잡아야 볼 생각이야."

"……"

이번만큼은 레일라도 할 말을 잃었다는 표정으로, 그녀

307

답지 않게 멍청하니 그저 에던을 응시하고만 있을 뿐이었다.

그 시선과 얼굴 등이 우스웠던 것일까? 에던이 히죽 웃으며 이야기를 이었다.

"게다가 이 정도는 해 줘야, 전쟁 소식을 짓뭉개지."

슬쩍 어깨를 으쓱이며 다시금 이동을 시작하는데, 황당하게도 레일라는 그 걸음을 막을 수가 없었다.

'정말… 가능하려나?'

어째서인지 저 황당한 계획이 성공할 것 같다는 생각이 든 까닭이었다.

왠지 모를 호기심과 기대감 속에, 바삐 그의 뒤를 쫓았다.

❖ ❖ ❖

계획은 착실히 이뤄지고 있었다. 그럼에도 불구하고 감정이 격해지는 까닭은 무엇일까?

너무나도 황당한 이유 때문이었다.

"우리를 배제시키고 움직인단 말이지."

이곳 티브릭샨 왕국의 전대 국왕이자 암전의 뿌리를 대표하는 존재인, 데이리덴 브릭샨은 미간에 새겨진 주름을 이리저리 비틀며 현 상황을 짚어나갔다.

"시선은 가려줄 테니 알아서 해결을 봐라?"

현 대륙을 떠들썩하게 만드는 전쟁들에는 그 같은 의미가 담겨있었다.

다른 칠성좌들과 그들에 동조하는 뿌리의 일원들이 내린 결정으로 인해, 꼴이 아주 우습게 되었다는 걸 깨달았다.

직접적인 지원이 없다는 건, 그 의미가 명확했다.

"으득! 슬슬 욕심을 부려보겠다는 건가."

간접적이나마 도움을 준 것으로, 저들은 자신들의 역할을 다했다는 걸 연기할 게 분명했다. 특히, 전쟁 분위기가 조장된 만큼, 명분 역시도 저들에게 있을 터였다.

비록, 거짓된 연극일지라도 무대는 그들의 터전이기 때문이었다.

상황이 이렇다 보니, 결국 자체적으로 해결을 봐야 했다.

"그 빌어먹을 놈을 반드시 처리해야겠지."

만약, 사신을 놓친다면?

'상상하기도 싫군!'

더더욱 꼴이 우스워질 것이고, 티브릭샨의 뿌리는 칠성좌의 위치에서 떨어져나갈 확률이 높았다.

이미 세톤 왕국이 그 같은 절차를 밟고 있는 까닭에, 그저 우스갯소리로만 여기기도 어려웠다. 정녕 심각한 상황이며 사태인 것이다.

상대가 초월자라고는 하나, 그들 암전의 세력과 전력을 생각한다면, '겨우' 초월자로 치부할 수도 있었다.

하지만 세톤 왕국의 결과가 너무나도 충격적이었던 만큼, 그런 생각을 버려야 했다. 긴장하지 않을 수가 없었다.

물론, 전력의 일부가 깎인 것일 뿐이지만, 어찌 되었건 세톤 왕국의 뿌리는 이 와중에도 착실히 발언권이 줄어들고 있는 중이었다.

'어떻게든… 어떤 방법을 써서라도 처리해야 한다!'

비록 다른 칠성좌들이 뜻을 달리했다고는 하나, 여전히 티브릭샨은 칠성좌의 일원이었고, 이곳 서 대륙을 대표하는 뿌리의 주인이었다.

적어도 아직까지는 인근 왕국의 뿌리들에게 그 영향력과 발언권이 남아있었고, 전력을 지원받는 것 역시 가능했다.

"사자는 토끼를 잡을 때도 전력을 다하는 법!"

평소라면 생각하지 않았을 내용이지만, 이번만큼은 입에도 담고 그 의미에도 충실할 생각이었다.

다행이라면 저쪽에서 드러내놓고 움직이는 덕분에 철저하게 계획을 짜고 준비를 할 수 있다는 점이었다.

이를 위한 세부사항을 조정하고 있을 때, 그 즈음에 사건이 터졌다.

콰아아앙!

천둥이 쳤다.

'마른하늘에?'

너무도 맑고 청명한 하늘에 비가 내리지도 않건만, 천둥이 쳤다.

그와 동시에 비상이 걸렸다.

[에던, 운트!]

사신 또는 인세의 마왕이라 불리는 이가 수도 외곽에 나타났다는 보고였다.

그야말로 갑작스런 사건이었다.

❖ ✛ ❖

초월자의 질주는 마치 마법과도 같았다. 에던은 그 마법과도 같은 이동속도를 최대한 발휘하며 순식간에 티브릭샨의 수도 타-바샨에 도착했다.

도착한 뒤 잠시 숨을 고르며 그를 대비할 수 있도록 모습을 드러내서 알렸다.

그를 발견한 듯, 바쁘게 움직이는 기척들을 확인했고, 그이후에 성큼 성문을 향해 다가갔다.

훤히 열린 성문들이 많았지만, 굳이 닫힌 곳으로 향했고, 그 앞에서 검을 뽑아들었다.

이 갑작스런 행동에 성문을 지키던 경비들과 성벽에 늘어선 병력들이 경계를 하는 한편, 의아한 얼굴이 되어 그를 주시했다.

그의 행동을 제재하고자 몇몇 경비가 거리를 좁혀올 때, 에던의 검이 불을 뿜었다.

꽈르르릉!

언제고 극단의 대지에서 거대한 성문을 박살내던 그 순간처럼, 이번에도 검은 빛 뇌전이 하늘을 향해 치솟았다.

쿠르르르르르…

그 이해할 수 없는 현상이 끝나고, 거대한 성문이 무너져 내릴 때, 에던이 우렁차게 외쳤다.

"이리 오너라!"

용병들의 네 번째 왕이자 시대의 심판자라 불렸던 사내.

[에던 운트!]

그가 본격적으로 만들어내는 역사의 첫 시작은 한 나라의 심장부라 불리는 수도에서부터 시작되었다.

〈8권에 계속〉